Alles Easy

Bibliografische Information der Deutschen Nationalbibliothek
Die Deutsche Nationalbibliothek verzeichnet diese Publikation in der Deutschen Nationalbibliografie; detaillierte bibliografische Daten sind im Internet über http://dnb.d-nb.de abrufbar.

Textlektorat: Kerstin Kipker

ISBN 978-3-8458-2156-6

www.arsedition.de

Anja Fröhlich

ALLES EASY

Patchwork für Anfänger

arsEdition

Für Einer und Be in Liebe

Kapitel 1

Die Frau, die meine Mutter für mich aussucht, ist mindestens hundert. Sie hat hellrosa Lippenstift an die Stelle gemalt, wo früher mal ihr Mund gewesen sein muss. Jetzt ist da nur noch eine Faltenlandschaft. Es sieht ein kleines bisschen so aus, als hätte jemand eine Baumrinde angemalt.

Auch um die Augen sind die Runzeln eingefärbt worden. Und zwar in Hellblau. Mittendrin klimpern ein paar Wimpern, die so dicht und lang sind wie die meiner alten Schlafpuppe Prinzessin Knallerbse.

»Die nehmen wir«, raunt Mama mir zu und zieht mich an die Dame heran.

Mir ist ein bisschen mulmig zumute. Ich frage mich, warum meine Mutter die einzig wirklich seltsame Person auf dem ganzen Bahnsteig für mich aussucht. Wahrscheinlich, weil sie ein bisschen mollig ist. Mama hat schon im Auto gesagt, dass man sich im Zweifelsfall immer an die Molligen halten soll. Sie meint nämlich, mollige Menschen wären im

Durchschnitt gutartiger als dünne. Das hat sie in einer Zeitschrift gelesen. Mama behauptet allen Ernstes, Mollige wären viel zu gemütlich, um gemein zu sein.

Mama selbst ist übrigens kein bisschen mollig. Denn in einer anderen Zeitschrift hat sie gelesen, dass dünne Frauen doppelt so schnell einen Mann fürs Leben finden wie dicke Frauen. Ihr aktueller Mann fürs Leben heißt Manfred und ist eigentlich ganz in Ordnung. Manni hat Mama jedenfalls in die Karibik eingeladen. Und die beiden hätten mich sogar mitgenommen, wenn ich nicht schon mit Papa verabredet gewesen wäre. Die Sommerferien verbringe ich nämlich immer mit ihm. Papa wäre daher bestimmt todtraurig, wenn ich unsere schönste Zeit des Jahres absagen würde, um sie dann mit einem fremden Manni zu verbringen. Karibik hin oder her.

Ich finde es okay, statt in die Karibik zu Papa zu fahren. Weil das Leben mit Papa ein echtes Lieblingsleben von mir ist. Papa hat übrigens nach der Trennung von Mama keine neue Frau fürs Leben mehr gesucht. Und darum habe ich ihn in den Ferien immer ganz für mich allein.

Wenn Papa und ich uns wiedersehen, versuchen wir immer, im Schweinsgalopp alles nachzuholen, was wir in den Wochen davor miteinander verpasst haben. Wir frühstücken dreimal hintereinander oder bleiben einfach im Kinosaal sitzen, bis der Film ein zweites Mal läuft.

»Entschuldigen Sie?«, fragt Mama die mollige alte Dame. »Fahren Sie zufällig nach Köln?«

Die Frau klappt ihre Prinzessin-Knallerbsen-Wimpern ganz nach oben und mustert uns.

»Ja, warum?«, fragt sie misstrauisch. Ihre Stimme ist tief

und rau, fast wie eine Männerstimme. Und einen Moment lang frage ich mich, ob hinter ihrer Schminke und unter ihrem Blumengewand vielleicht ein Mann versteckt ist. Mama scheint sich das nicht zu fragen. Denn sie redet einfach weiter. Und einem Mann hätte sie mich auf keinen Fall anvertrauen wollen. Männer sind nämlich in jedem Fall gefährlicher als Frauen – egal, ob dick oder dünn. Das findet Mama jedenfalls.

»Wissen Sie, meine Tochter fährt ganz alleine von Berlin nach Köln zu ihrem Vater, in ihre alte Heimat sozusagen. Obwohl sie ja eigentlich nur die Kindergartenzeit dort verbracht hat. Nach der Scheidung sind wir beide dann in die Hauptstadt gezogen.«

Ich stupse Mama mit dem Ellbogen in die Seite.

»Äh, wie auch immer«, erklärt sie weiter. »Ich bin jedenfalls schon im Flieger, wenn sie ankommt, verstehen Sie?«

Da nickt die alte Dame, die auch ein Mann sein könnte, und ihre welligen rosa Mundränder fächern sich zu einem netten Lächeln auf.

Mama fühlt sich auch gleich angespornt, und sie redet umso lauter weiter.

»Na ja, so ein junges Mädchen ganz alleine im Zug, das ist natürlich gefährlich! Würden Sie ein Auge auf sie werfen? Das Kind kann mich ja noch nicht mal telefonisch erreichen, wenn etwas passiert. Wie gesagt, ich bin dann schon mit meinem MANN auf dem Weg in die KARIBIK.«

Mama redet vor Aufregung so laut, dass der gesamte Bahnsteig mithören kann. Sollte sich also ein Kidnapper unter den Leuten befinden, dann ist er spätestens jetzt auf mich aufmerksam geworden.

»Aber ja doch, mein Schätzchen«, sagt die Dame und zwinkert mir zu. »Wir gucken mal, ob neben mir noch ein Platz frei ist. Und sonst schaffen wir Platz!«

Da kommt auch schon der Zug. Mama trägt meiner neuen Begleitung ihre beiden lilafarbenen Koffer bis zu ihrem Sitz am Fenster. Ich selbst habe Gott sei Dank nichts zu schleppen. Mein Gepäck ist schon nach Köln zu Papa geschickt worden.

Tatsächlich ist der Platz neben Miss Knallerbse senior noch frei. Es bleibt mir also nichts anderes übrig, als mich von meiner Mutter sanft auf den Sitz schieben zu lassen und das nasenbetäubende Parfüm der Dame einzuatmen.

Dann wird es auch schon Zeit für den Abschied. Ich werde mit Küssen und letzten Ratschlägen übersät, und dann fängt Mama sogar an, ein bisschen zu weinen. Das hat mir gerade noch gefehlt! Schließlich ist es nicht meine Schuld, dass ich zwei Leben führe und zwischen Mama und Papa hin- und herpendeln muss wie ein Pingpongball. Kurz bevor der Zug sich in Bewegung setzt, reißt Mama sich los. Auf dem Bahnsteig sehe ich sie mit beiden Armen winken – so als wäre sie eine Schiffbrüchige und ich ein Passagierdampfer, der einfach an ihr vorbeizieht.

Und dann bin ich plötzlich allein in dieser seltsam fremden Welt, die zwischen Mama und Papa liegt. Am liebsten hätte ich eine Zeitmaschine, auch wenn ich die Zeit nur um vier Stunden vorstellen würde. Denn ich hasse Abschiede. Und auch wenn ich mich auf Papa freue, bin ich trotzdem traurig, dass Mama weg ist. Keine Ahnung, wer Scheidungen erfunden hat. Es muss ein Vollidiot gewesen sein.

»Möchtest du ein paar Veilchenbonbons?«, fragt die alte Dame und kramt in ihrer Handtasche. Ich schüttele den Kopf, und sie schiebt sich selber ein paar lila Pastillen in den rosa Mund. Weil ich ein bisschen Angst vor einer Unterhaltung habe, setze ich meinen Kopfhörer auf und schließe die Augen.

»Hallo Lieblingsmensch«, singt Namika mir ins Ohr. Den Song habe ich im letzten Sommer mit Papa immer gehört. Doch in der Dunkelheit hinter meinen Augenlidern wirkt er irgendwie nicht.

Nach einer Weile blinzele ich heimlich zur Seite, um zu schauen, ob die alte Dame mich im Blick hat. Doch statt auf mich aufzupassen, ist sie einfach eingeschlafen! Ich stelle die Musik ab und betrachte sie etwas genauer. Der Knittermund steht offen, und man kann ihre goldenen Backenzähne in der Sonne glänzen sehen. Sie schnarcht ein kleines bisschen.

Das wäre die Gelegenheit, mich davonzustehlen. Aber was ist, wenn sie aufwacht und Alarm schlägt? Weil sie glaubt, sie hätte einen Kinderklau verpennt.

Also bleibe ich ganz ruhig sitzen, damit sie ja weiterschläft.

Als wir am Bahnhof Zoo halten, schnarcht meine Begleiterin immer noch leise vor sich hin. Auf dem Bahnsteig beobachte ich ein paar Leute, die sich verabschieden. Mir fällt ein Junge auf, dessen Vater ihm die blonden Haare durchwuschelt, als handele es sich um einen Wühltisch im Schlussverkauf. Dann ballt der Mann die Wuschel-Hand zu einer Faust, und der Junge boxt kraftlos dagegen.

Als der Zug wieder anfährt, steht der Typ mit der zerwühlten Frisur plötzlich in meinem Abteil. Ohne den Vater. Seine knallblauen Augen scannen alle noch freien Plätze, und er kommt samt seiner riesigen Sporttasche zielsicher auf mich zu. Die beiden Sitze auf der anderen Seite des Gangs sind noch frei.

»Hi«, sagt der Wuschel und versucht, sich die Haare wieder glatt zu streichen. Er wirft seine mit Aufklebern zugepflasterte Tasche auf den Platz am Fenster und setzt sich an den Gang – nur eine Armlänge von mir entfernt. Einen kurzen Moment begegnen sich unsere Augen, und ich bekomme sofort eine leichte Gänsehaut, so durchdringend ist sein Blick.

»Deine Uroma?«, fragt er und deutet auf meine Begleiterin.

Ich schüttele den Kopf. »Pssst!«

Der Junge grinst, schmeißt seine Tasche auf den Boden und setzt sich auf den Fensterplatz. Dann winkt er mich zu sich. Vielleicht ist er ja auch zu einem verloren gegangenen Elternteil unterwegs. Ein Leidensgenosse zwischen den Welten! Ich rücke zu ihm herüber.

»Ich bin Jamie und du?«

»Isabell, äh, Easy«, antworte ich. »Isabell nennt mich eigentlich kein Mensch. Außer meiner Mathelehrerin vielleicht. Die findet mich nicht besonders easy.«

Jamie grinst.

»Fährst du auch nach Köln?«, will er wissen.

Ich nicke. Und innerlich jubele ich sogar ein bisschen. Dabei kann ich im normalen Leben nicht besonders viel mit Jungs anfangen. Jedenfalls hasse ich solche, die einem die Mütze vom Kopf reißen und das auch noch witzig finden. Oder die sich gegenseitig mit dem Nachnamen ansprechen und dann noch so ein komisches »ey« vorschieben und ein »Alter« anhängen. »Ey Müller, Alter!«

Aber hier, in dieser traurigen Zwischenwelt zwischen Mama und Papa bin ich froh, dass ein Mensch in meinem Alter dasselbe Ziel hat wie ich und in den nächsten vier Stunden neben mir sitzt.

Tatsächlich ist Jamie auf dem Weg zu seiner Mutter und seinem kleinen Bruder Jimmi, der nach der Trennung der Eltern bei seiner Mama in Köln bleiben wollte.

Während er selbst es irgendwie cooler bei seinem Vater in Berlin findet. Das erzählt er mir schon nach wenigen Minuten.

»Bei meinem Vater ist alles freestyle, verstehst du.«

Ich schüttele den Kopf.

»Der sagt immer: Wenn jeder an sich denkt, ist an alle gedacht. Und irgendwie hat er recht. Jedenfalls geht er mir nicht mit Ratschlägen auf die Nerven. Ratschläge sind auch Schläge, kennst du den Spruch?«

Ich schüttele wieder den Kopf, aber Jamie redet einfach weiter.

»Meine Mutter ist genau das Gegenteil. Bei ihr wird alles durchkontrolliert. Selbst wenn ich nicht bei ihr bin, will sie wissen, ob ich genug Schlaf oder genug Vitamine bekomme.«

Jamie verzieht das Gesicht, als wären Schlaf oder Vitamine irgendwie eklig.

»Stell dir vor, sie hat sogar schon mal versucht, den Inhalt des Kühlschranks mit einer Kühlschrank-App zu überwachen. Dazu hat sie eine Art Spionagekamera angebracht.«

»Und?«

»Mein Vater hat einfach die Glühbirne rausgedreht. Weil

es da sowieso nichts zu sehen gibt. Wer Hunger hat, bestellt was. Er sagt immer: Warum Einzelteile kaufen und sie dann mühsam zusammenfrickeln, wenn es das alles auch schon fertig gibt. Man kauft das Auto ja auch lieber am Stück. Oder bekommt ein fertiges Regal geliefert, statt an der Ikea-Anleitung zu verzweifeln.«

Jamie wird immer aufgeregter beim Anpreisen seines praktischen Lebens. Doch dann macht er plötzlich eine kleine Pause und starrt aus dem Fenster.

Ich überlege, ob ich mich für so viel Ehrlichkeit mit ein paar Geschichten aus meinem Leben bedanken sollte. Aber er scheint zu sehr in seinem eigenen Film zu sein.

»Außerdem bin ich altmodisch«, murmelt er plötzlich in Richtung Scheibe. »Ich halte immer zu den Opfern.«

»Wie meinst du das denn jetzt?«

Er dreht sich um, und seine Augen leuchten viel weniger als bei der Freestyle-Schwärmerei von vorhin.

»Na ja, meine Mutter hat uns verlassen. Und mein Vater wollte das nicht. Am wenigsten wollte er, dass sie jetzt einen neuen Typen hat. Mit dem will sie sogar zusammenziehen, und in den Ferien machen wir jetzt so eine Art Probewohnen mit dem.«

Puh, das ist ganz schön viel privates Zeug, was dieser Jamie mir da anvertraut. Dabei kennt er mich doch gar nicht! Vielleicht ist es ja leichter, ehrlich zu sein, wenn man sich schon bald nie wieder sehen wird.

»Hat dein Vater sich auch schon mal neu verknallt?«, will er jetzt auch noch wissen.

Ich schüttele den Kopf. »Gott sei Dank nicht. Ich sehe ihn ja nicht so oft. Aber wenn, dann ...« Ich erspare ihm lieber mal die Einzelheiten. Sicher will er nicht hören, dass ich meinen Papa die ganzen Ferien nur für mich habe. »Wie ist denn der Freund deiner Mutter so?«, frage ich schnell.

Jamie verzieht das Gesicht, als hätte ich nach dessen Fußpilz oder Raucherlunge gefragt.

»Ein Vollhonk natürlich, wie soll er schon sein? Die ganze Zeit starrt er meine Mutter mit diesen Glupschern an, so als wäre sie ein Unterhosenmodel.«

»Ist sie denn eins? Oder läuft sie in Unterhose durch die Wohnung?«

»Nein, natürlich nicht!« Jamie rauft sich die eben glatt gestrichenen Haare, sodass sie aussehen wie eine Wiese nach dem Gewitter. »Sie läuft nicht so rum, und sie sieht auch nicht so aus, als sollte sie so rumlaufen.«

Keine Ahnung, was er damit meint. Vielleicht ist sie ja unförmig. Aber warum sollte dieser neue Typ sie dann so anglotzen?

»Mein Bruder und ich sind voll lästig für den«, erklärt er weiter. »Aber das kann der Honk natürlich nicht zugeben. Weil wir halt an Mama dranhängen wie zwei Geschwüre oder so was. Es gibt sie einfach nicht ohne diese beiden blöden Anhängsel.«

Wow, das sind mal drastische Worte! Wie kann man sich selber nur Geschwür nennen? Ich hätte viel zu viel Angst, so grässliche Dinge über mich selbst zu denken. Angeblich sind Gedanken doch der Ursprung von allem. Nicht, dass sie immer gleich Realität werden müssen. Aber ich habe mal gehört, dass es Bereiche im Gehirn gibt, die zwischen Ausgedachtem und Echtem nicht so genau unterscheiden können. Darum läuft einem schon die Spucke im Mund zusammen, wenn man nur an Schokoladenkuchen mit Karamellfüllung denkt. Ich will gar nicht wissen, was so ein Geschwürgedanke alles auslösen kann.

»Das mit dem Verliebtsein lässt bestimmt irgendwann nach«, versuche ich Jamie aufzuheitern.

Mir fällt Mamas schwärmerischer Blick ein, den sie immer draufhat, wenn ein neuer Mann fürs Leben eingetroffen ist. Aber der Gedanke, dass sie ihn sich dabei in Unterhose vorstellt, ist mir nie gekommen. Das wäre auch einfach zu eklig.

»Hat der Honk vielleicht auch irgendwelche guten Seiten?«, frage ich Jamie.

Ich habe kaum das *G* von *gut* ausgesprochen, da schüttelt er auch schon den Kopf.

»Komm schon, jeder hat gute Seiten. Gab's da nichts, womit er versucht hat, dich zu bestechen? Oder wenigstens milde zu stimmen? Irgend so ein Ding unter Männern? Fußballkarten oder ein blutiges Steak?«

»Doch, genau mit solchen Sachen hat er's versucht. Aber hey, das sagt doch schon alles über den! Ich meine, sind wir hier bei den Neandertalern? Außerdem bin ich Vegetarier und kann kein Blut sehen.«

Wir schweigen eine Weile, und Jamie schreibt ein paar Nachrichten auf seinem Handy. Vielleicht schwört er seine Mutter ja schon mal auf seine schlechte Laune ein.

Als er fertig ist, sieht er mich wieder mit diesen durchdringend blauen Augen an. »Schön, dass bei dir und deinem Vater alles so glattläuft«, sagt er und zieht die Augenbrauen verächtlich hoch. Ich bekomme beinahe ein schlechtes Gewissen.

Nein, alles ist natürlich auch nicht in Ordnung, höre ich

mich sagen. Da ist eine Sache, die mein Vater niemals erfahren darf. Sonst ist es echt aus mit der Freundschaft.

Jamie setzt sich ein bisschen aufrechter und schaut mich erwartungsvoll an.

Wieso habe ich bloß damit angefangen?

»Ich habe diese Pflanze verloren, die er mir mal geschenkt hat.« Jamie schaut mich so ungerührt an, wie es mit seinen Funkelaugen eben möglich ist. »Wie kann man denn eine Pflanze verlieren? Bist du mit ihr im Park Gassi gegangen und hast vergessen, sie anzuleinen?«

»Nein! Viel schlimmer! Ich habe sie mutwillig verloren. Und *verloren* ist auch gar nicht der richtige Ausdruck.«

Ich erzähle Jamie tatsächlich von dieser unsterblichen und unverwüstlichen Wüsten-Pflanze, die Papa mir feierlich überreicht hat, als Mama und ich nach Berlin gezogen sind. Ich wollte nicht weg von ihm, und ich fand es mies, dass er uns einfach gehen ließ und nicht um mich kämpfte oder einfach mitkam. Und ich wollte zu diesem Anlass auch kein Geschenk bekommen, das mich immer an diesen schrecklichen Moment erinnert. Und dann kam er mit dieser braunen struppigen Knolle, die er angeblich von seinem Vater bekommen hat, und der wieder von seinem und so weiter. Der erste von diesen Vätern hat sie mal aus einer Wüste mitgebracht, zu einer Zeit, als es noch gar keinen Wüsten-Tourismus gab. Es war also lebensgefährlich, diese Pflanze zu besorgen. Und von da an haben alle Nachfahren des mutigen Wüstenforschers die Pflanze in Ehren gehalten. Und immer wenn einer von ihnen mal verzweifelt war oder in einer echt blöden Lage, dann hat er dieses krumpelige Knäuel ins Wasser gelegt und beobachtet, wie es plötzlich grün wird und anfängt zu leben. Denn in Wirklichkeit ist es eine Art Farn, der mal kurz aufblüht, wenn es in der Wüste alle paar Jahre regnet. Danach schrumpelt er sofort wieder zusammen, und man kann Fußball mit ihm spielen. Das Ding war irgendwie so was wie die berühmte goldene Uhr, die man seinem Sohn vererbt, wenn man den Krieg überlebt hat.

Jamie hat während meiner ganzen Erzählung die Nase so komisch gekräuselt. Vielleicht hat er sie ja auch gerümpft. Jedenfalls sind seine Sommersprossen jetzt ganz durcheinander.

»Diese Pflanze kenne ich«, sagt er schließlich. »Das ist die Rose von Jericho. Die kann man auf jedem Weihnachtsmarkt kaufen.«

»Ja, jetzt schon. Ich habe auch eine neue gekauft, nachdem ich die von meinem Vater, wie soll ich sagen ...«

Und dann gestehe ich ihm auch noch, dass ich in einem Wutanfall mit der Nagelschere die armen kleinen Ästchen von dem Reisig-Ball abgeschnitten habe. Erst nur ein paar. Doch am Ende lag das Erbstück meiner Urahnen – das wertvolle Symbol für Hoffnung – wie ein massakriertes Häufchen Elend vor mir. Das hat mich natürlich nicht wirklich glücklich gemacht. Aber immerhin hatte Papa ja auch etwas Schlimmes getan. Und jetzt waren wir ein kleines bisschen quitt.

Jamie nickt. Er scheint diesen absurden Gedankengang tatsächlich zu verstehen.

»Und wann wirst du es ihm sagen?«, fragt er.

»Nie natürlich. Ich habe eine neue Pflanze, die haargenau aussieht wie die alte.«

»Und wirst du die auch an dein Kind weitergeben und behaupten ...«

»Ey, auf wessen Seite stehst du denn eigentlich?«, unterbreche ich ihn sofort. Die Geschichte mit der Pflanze hat mich total aufgewühlt.

»Ist ja schon gut«, erwidert Jamie mit einem letzten Naserümpfen. Kurz darauf behauptet er, mal dringend irgendwohin zu müssen.

Ich sehe ihm nach, wie er mit der zu weiten Jeans und diesem wippenden Gang in Richtung Bordtoilette zieht. Dann schaue ich auf den leeren Sitz neben mir und entdecke sofort diese schwarze kleine Ecke, die aus der Ritze zwischen Sitzfläche und Rückenlehne ragt.

Prinzessin Knallerbse hat immer noch die Augendeckel mit den langen, dichten Wimpern runtergeklappt. Also befreie ich unbeobachtet das schwarze Etwas aus der Sitzfalle. Es ist ein altes, zerkratztes Handy, das auf Vibrationsalarm gestellt ist und dessen Display 29 entgangene Anrufe von einem gewissen *Schwachkopf* aufzeigt.

Wahrscheinlich versucht der Besitzer sein verlorenes Handy anzurufen, in der Hoffnung, dass jemand drangeht. Fragt sich nur, warum er sich dafür ausgerechnet das Handy eines Typen ausleiht, den er selbst als *Schwachkopf* einprogrammiert hat.

Kaum habe ich mir diese Frage gestellt, beginnt das alte Telefon auch schon in meiner Hand zu zittern und zu beben, als hätte es eine Panikattacke.

Anruf Nummer 30 trifft ein. Ich drücke auf *Annehmen* und höre, was Schwachkopf oder wer auch immer dran ist so zu sagen hat. Doch statt dass er mich mit erleichterter Stimme fragt, wer ich bin und wo ich sein Handy gefunden habe, höre ich nur lautes Gebrüll.

»Da bist du ja endlich, du Wurst. Glaubst wohl, du könntest abhauen. Aber ich weiß, wo du steckst. Und wenn du bis ans Ende der Welt reist. Ich finde dich. Da kannst du einen drauf lassen.«

Okay, anscheinend habe ich tatsächlich einen Schwachkopf am Ohr. Kurz überlege ich, ob ich versuchen soll, den Fall aufzuklären. Oder ob ich mich gar in Gefahr befinde. Aber selbst wenn dieser Typ das Steinzeit-Handy orten kann, wird er es wohl kaum auf mich abgesehen haben. Ich könnte es einfach wieder zurück in die Ritze schieben, und dann kann er so lange anrufen, bis der Akku sich leer gezittert hat. Doch dazu kommt es gar nicht mehr. Gerade als ich dem aufgebrachten Schwachkopf mit einem Klick auf den roten Hörer das Wort abschneide, steht Jamie plötzlich wieder neben mir und reißt mir das Handy aus der Hand. Er sieht ganz blass aus und lässt es panisch in seiner Hosentasche verschwinden.

»Wieso hast du mein Handy?«, zischt er mich an.

»Oh, ich wusste nicht, dass es deins ist. Du hattest doch eben noch ein anderes.«

Ich stehe auf, damit er sich wieder ans Fenster setzen kann.

Bei dem Trubel wacht auch Prinzessin Knallerbe auf, die sofort in ihre Rolle als Anstandsdame zurückfindet und mich zu sich heranwinkt.

»Hat dieser junge Mann dich belästigt?«, will sie wissen. Ich schüttele den Kopf.

Statt wieder zum Fenster durchzurutschen, lässt Jamie sich auf den Platz am Gang fallen, setzt seinen Kopfhörer auf und starrt vor sich hin. Ich bin also gezwungen, meinen alten Platz neben Prinzessin Knallerbse einzunehmen.

Ich setze mir auch wieder den Kopfhörer auf. Jetzt habe ich links und rechts jemanden neben mir, der mir nicht geheuer ist.

Zwischendurch kommt eine Nachricht von Papa.

Easy-Peasy, jetzt konnten wir gar nicht mehr in Ruhe telefonieren, bevor du losgefahren bist. Dabei habe ich eine ziemlich fette Überraschung für Dich. Stell Dich schon mal drauf ein!

Was denn?, will ich natürlich wissen. Aber Papa meint, die Sache wäre zu groß für eine kleine Nachricht.

Den Rest der Reise kann ich an nichts anderes mehr denken als an die Mega-Überraschung. Vielleicht ist es ja ein Tier. Ein Hund! Aber ich will mich lieber mal nicht zu früh freuen. Außerdem hasst Papa Tiere in der Wohnung. Er ist ja schon allergisch gegen Menschenhaare. Das könnte man jedenfalls meinen, wenn er sie mit der Pinzette aus dem Abfluss der Badewanne zieht und dabei einen grimmigen Vortrag über Verstopfung hält.

Lange bevor wir am Kölner Hauptbahnhof angekommen sind, verabschiedet sich Jamie mit einem genuschelten »Man sieht sich« und stellt sich schon mal an die Waggontür. Ich wechsele einen Blick mit der Hundertjährigen, die eine ihrer aufgemalten Augenbrauen hochzieht.

»Jungs müssen immer Erster sein«, sagt sie. »Ein merkwürdiger Drang. Aber lassen wir ihnen ihr Glück.«

Beim Aussteigen ist Jamie dann auch gleich verschwunden. Auch gut. Ich werde wohl nie erfahren, warum er zwei Handys hatte. Und wer dieser Schwachkopf war. Geht mich auch nichts an.

Trotz meiner Hilfe braucht die hundertjährige Knallerbse ziemlich lange, bis sie ihre Sachen sortiert und aus der Bahn befördert hat. Zwischendurch erzählt sie mir noch in aller Ruhe von dem kleinen Katzencafé, das ihr gehört. Sie schreibt sogar mit ihrem Kajalstift die Adresse des Cafés auf ihre Fahrkarte und überreicht sie mir. Ich schaue mich nach Papa um, doch ich kann ihn nirgendwo entdecken. Es sind einfach zu viele Menschen auf dem Bahnsteig, und der Zug ist so lang, dass man das Ende nicht sehen kann.

»Okay, kleine Dame, dann gucken wir mal, wem wir dich hier aushändigen können.«

Erst als die meisten Leute schon über die Treppen im Bauch des Bahnhofs verschwunden sind, sehe ich Papa, der am anderen Ende des Bahngleises steht und sich hektisch umsieht. Ich laufe auf ihn zu, sodass meine Sandalen laut auf den Steinboden klatschen. Erst als ich schon ein Stückchen gerannt bin, sehe ich auch Jamie. Er steht neben einer Frau und einem kleinen Jungen ganz in der Nähe von Papa und starrt mich an, als wäre ich ein Monster. Papa breitet die Arme aus und kommt mir entgegengelaufen. Im Moment des Aufpralls hält er mich fest umschlungen und prustet an meinen Hals, bis ich am ganzen Körper eine Gänsehaut habe. Ich spüre seine Bartstoppeln und rieche das Papa-Parfüm, das auch im Sommer nach Weihnachten und Lagerfeuer duftet.

»Na, mein kleiner Lieblingsmensch, wie war die Reise?«

»Geht so«, sage ich. »Aber wo ist deine Überraschung?«

Papa hält mich immer noch im Arm und dreht sich einmal um die eigene Achse, sodass mein Blick wieder auf Jamie fällt. Er redet gerade auf seine Mutter ein, die mit hängenden Schultern alles über sich ergehen lässt, während der kleine Bruder einer Taube hinterherjagt.

»Siehst du die schöne Frau da mit den blonden Locken und dem blauen Kleid?«, fragt Papa. Außer Jamies Mutter passt niemand auf die Beschreibung. Irgendwie habe ich eine böse Vorahnung.

»Sie hat zwei Söhne. Einen in deinem Alter und ein kleines Früchtchen.«

»Komm zur Sache, Papa!«

Mein Vater räuspert sich, so wie er sich bei Geschäftstelefonaten immer räuspert, wenn sein Verhandlungspartner nicht seiner Meinung ist.

»Die Frau ist wirklich extrem nett«, sagt er schließlich. »Und die Kinder eigentlich auch.«

»Papa!«, rufe ich und winde mich aus seiner Umklammerung. Inzwischen ist auch Prinzessin Knallerbse mit ihren Rollkoffern bei uns angekommen.

»Na, große Wiedersehensfreude?«, fragt sie. Die hat mir jetzt gerade noch gefehlt. Papa gibt ihr die Hand und bedankt sich überschwänglich. »Easys Mutter hatte mir schon eine Nachricht geschrieben, dass unsere Tochter zum Glück eine so nette Begleiterin gefunden hat!« Er scheint froh zu sein, sein Geständnis etwas aufschieben zu können.

Die Knallerbse lässt noch einen Lobesgesang auf mich und mein ruhiges, umsichtiges und freundliches Wesen los. Dann verabschiedet sie sich endlich. Ihre blau getuschten Wimpern flattern wie Schmetterlingsflügel, als sie mir zuflüstert: »Du weißt ja, wo du mich findest.« Kurz darauf gleitet sie in einem Glasaufzug lautlos davon.

Außer mir, der Frau in dem blauen Kleid und ihrer beiden »Geschwüre«, wie Jamie sich und seinen Bruder genannt hat, ist jetzt kaum noch jemand auf dem Bahnsteig. Die drei haben sich wie die Orgelpfeifen aufgestellt und beobachten jede Regung von Papa und mir. Gott sei Dank sind sie weit genug entfernt, dass sie uns nicht auch noch hören können.

»Wohnen die etwa bei uns?«, frage ich Papa, während sich eine unsichtbare Schlinge um meinen Hals legt.

Er schaut mich mit aufgerissenen Angstaugen an.

»Nur für die Ferien und nur auf Probe.«

Am liebsten würde ich schreien: *Dann bist du also der Vollhonk, der Jamies Mutter die ganze Zeit anglotzt, als wäre sie ein Unterhosenmodel!* Aber die Schlinge um meinen Hals lässt es nicht zu.

»Ich dachte, du freust dich. Dann hast du jemanden zum Spielen und musst nicht immer mit deinem alten Vater abhängen.«

Dass Papa noch nicht mal zugeben kann, wie blöd er gerade ist, verwandelt den Strick um meinen Hals in eine Würgeschlange.

»Papa, ich bin zwölf, ich spiele nicht mehr! Und mit Jungs schon mal gar nicht! Und wenn ich noch spielen würde, dann würde ich mir meine Freunde selber aussuchen!«, versuche ich ihm entgegenzuschreien. Doch meine Stimme wackelt und zittert wie ein altes, ungestimmtes Instrument, das jeden Moment droht, den Geist aufzugeben. Jedenfalls ist sie nicht mehr fest genug, um sagen zu können, dass ich meinen Papa wenigstens in den Ferien ganz für mich allein haben will. Weil ich ihn ja sonst nie sehe. Ich spüre, dass ich auf der Stelle anfangen muss zu heulen, wenn ich das ausspreche. Aber das darf mir auf keinen Fall passieren. Nicht vor den drei Fremdlingen dahinten, die bestimmt schon darauf warten.

»Ich weiß«, sagt Papa, »es ist am Anfang bestimmt ungewohnt, aber gib ihnen bitte eine Chance.«

»Wenn du das weißt, warum tust du dann so, als hättest du eine tolle Überraschung für mich?«, frage ich leise. »Warum warnst du mich dann nicht? Vielleicht wäre ich ja lieber mit Mama und ihrem Neuen in die Karibik geflogen, wenn ich das gewusst hätte.«

Papa sackt ein bisschen in sich zusammen. Wie ein Luftballon, aus dem man etwas Luft rauslässt. Er presst die Lippen aufeinander und schließt die Augen, so als hätte er plötzlich Schmerzen oder müsste innerlich einmal bis zehn zählen.

Als er die Augen – oder Glupscher, wie Jamie sie nannte – wieder öffnet, sehen sie glasig aus. Soll er doch auch die Würgeschlange zu spüren bekommen, denke ich. Doch dann tut er mir auch schon wieder leid. Nicht so leid wie ich mir selbst, aber immerhin ein bisschen.

Papa nimmt mich an der Hand und zieht mich zu unseren neuen Mitbewohnern. »Willkommen im Club«, empfängt mich Jamie. Sein kleiner Bruder überreicht mir eine Tafel Schokolade, die er aus seiner Hosentasche holt und die schon die Rundung seines kleinen Hinterns angenommen hat.

»Hier, Schoki!«

Und die Frau in dem blauen Kleid reicht mir ihre Hand, an der ein Ring mit einem riesigen hellblauen Stein steckt. Alles andere an der Frau ist auch groß: der Mund, die Augen, die Füße, vielleicht ja sogar ihr Herz. Jedenfalls guckt sie mich so an, als würde sie mich gerne darin aufnehmen. Das Problem ist nur, dass mein Herz gerade auf die Größe einer Erbse zusammengeschrumpft ist. Meins ist so klein, dass nicht mal für Papa mehr Platz drin ist. Geschweige denn für eine Fremde. Ich kann Leute nicht leiden, die erst etwas Blödes machen und mir dann auch noch ihr Mega-Herz überstülpen wollen. Und alles, ohne zu fragen.

»Easy, ich heiße Annette«, sagt sie. »Dein Vater hätte dich wohl nicht am Bahnhof mit uns überraschen sollen. Jamie fand die Überraschung auch blöd.«

Sie wirkt kein bisschen verlegen, und ich möchte sie eigentlich gerne hassen und abscheulich finden. Doch sie steht da vor mir, gibt ganz offen zu, dass sie einen Fehler gemacht hat, und sucht nicht nach Ausreden oder Ausflüchten. Sie guckt mich offen und neugierig an. Und jetzt hasse ich sie, weil sie so nett ist.

Kapitel 2

Zu Hause geht der Albtraum weiter. In meinem Zimmer, das Papa plötzlich Gästezimmer nennt, ist jetzt dieser Jimmi untergebracht.

Überall hängen Bilder von peinlichen Comic-Helden, von denen sich jeder Einzelne für den stärksten Mann der Welt hält. Ein lebensgroßer Superman als Knautschpuppe hockt zusammengesackt in der Ecke. Meine Daunendecke ist mit Fußball-Bettwäsche bezogen, und über die neue Matratze, die ich mit Papa zusammen gekauft habe, ist ein grasgrünes Frotteebetttuch gespannt. Jimmi ist angeblich öfter hier, weil er bei seiner Mutter lebt. Und die beiden haben sich wohl schon länger hier eingenistet.

Ich soll in Papas Arbeitszimmer schlafen, auf einer Matratze auf dem Boden. Und Jamie wird auf einer Luftmatratze bei seinem kleinen Bruder untergebracht. Direkt neben dem Hamsterkäfig, in dem *Stinkie Miller* wohnt. Ich verkneife mir, darauf hinzuweisen, dass Papa mir nie ein Haustier erlaubt hat. Auch nicht, als wir noch alle zusammen in der Fuchsstraße gewohnt haben.

Jamie macht bei unserem Rundgang ein Gesicht, als wäre er unschuldig ins Gefängnis gesteckt worden und hätte sich entschlossen, alles wortlos über sich ergehen zu lassen. Selbst das Blau seiner Augen scheint verblasst. Er hat den Kopfhörer seit dem Bahnhof kein einziges Mal abgenommen, und man weiß nicht, ob er überhaupt hört, was wir sagen. Komisch, dass er bei den Erwachsenen damit durchkommt. Papa macht auf gute Laune, und Annette versieht alle mit verständnisvollen Blicken. Sie hat sogar eine Willkommensaktion geplant. Wir sollen alle zusammen eine Familienpizza backen. Ein riesiges Blech, auf dem jeder ein Stück nach eigenem Geschmack belegen darf.

Wie in einer Koch-Show hat sie Käseschnipsel, Pilzstückchen, Salamischeibchen und Babypeperoni in kleinen Schälchen aufgestellt.

Papa findet, das sei doch ein tolles Bild für unsere Situation.

»Wir haben alle eine gemeinsame Basis, einen gemeinsamen Boden. Er tippt mit dem Schuh auf den Fußboden, während er mit dem Kopf auf den Pizzaboden weist. Ich hoffe nur, Jamies Musik ist laut genug, um diesen peinlichen Schwachsinn zu übertönen.

»Und auf dieser Grundlage kann sich jeder frei entfalten. Ganz nach persönlichem Geschmack«, faselt Papa weiter. So was Uncooles würde er niemals von sich geben, wenn wir alleine wären. Bestimmt will er Annette damit beeindrucken.

Nur gut, dass Mama mir zum Geburtstag *Gilmore Girls* auf DVD geschenkt hat. Alle Staffeln. Ich werde mich einfach in Papas Arbeitszimmer verkrümeln und die Ferien mit Familie

Gilmore verbringen. Jedenfalls streue ich über mein Pizzastück nur ein paar Käsekrümel. Ich habe sowieso keinen Hunger.

Nach dem Essen, bei dem außer Papa kaum jemand etwas sagt, behaupte ich, Bauchschmerzen zu haben, und verkrieche mich mit dem Laptop ins Arbeitszimmer. Doch irgendwie schaffe ich es nicht, gedanklich bei den Gilmores einzuziehen. Denn ständig klopft es an der Tür. Erst steckt dieser Jimmi seine kleine, kugelrunde Birne durch den Türspalt. Er sieht aus wie eine Bonsai-Ausgabe von Jamie. Dieselben Sommersprossen, dasselbe Wuschelhaar und dazu die Stechaugen. Er trägt auch Hängejeans und mopsige Turnschuhe. »Willst du mein Fußballbett haben?«, fragt er. »Ich könnte bei Mami und Papi2 schlafen.«

»Papi2?!«

»Ja, Papi2. Er ist zwar nicht so gut wie Papa1, aber er kann besser Fußi spielen.«

Die Würgeschlange schlägt wieder zu.

»Ganz lieb, aber nee danke.«

Er nickt. Und als ich nichts weiter sage, zieht er seine kleine gepunktete Birne aus dem Spalt raus und schließt die Tür.

Kurz darauf kommt Papa und will reden. Ich sage einfach wieder denselben Satz.

»Ganz lieb, aber nee danke.«

Doch Papa lässt sich nicht so schnell abwimmeln.

»Gib der Sache etwas Zeit. Und wenn du willst, machen wir beide morgen erst mal etwas ganz alleine. Kino oder so, du weißt schon.«

Die Würgeschlange ist kaum mehr zu bändigen.

Ich versuche es noch mal mit der magischen Formel: »Ganz lieb, aber nein danke!«

Papa starrt mich noch eine ganze Weile an, während ich auf den Bildschirm gucke und in meinem Tränenkanal eine Staumauer aus imaginären Sandsäcken errichte. Lange wird der Damm nicht mehr halten.

Erst zwei Stunden später, als es in der Wohnung endlich ruhig geworden ist, schleiche ich mich ins Bad. Auch hier ist die Invasion der Jamie-Familie nicht zu übersehen. Teure Cremes und Parfüms wechseln sich ab mit Mickymaus-Zahnpasta und Gespenster-Duschgel. *Macht nach der 111. Wäsche unsichtbar und brennt garantiert nicht in den Augen* steht auf der Flasche.

Im Spiegel entdecke ich dieses blasse Mädchen, das nirgendwo im Leben mehr richtig zu Hause ist. Dann brechen doch noch die Tränen durch, und das Bild verschwimmt, als wäre es mit Wasserfarbe gemalt.

Auf dem Flur lauert mir zu allem Überfluss auch noch Jamie auf. Er will dringend mit mir sprechen und ignoriert mein »Ganz lieb, aber nein danke« einfach. Ungefragt folgt er mir bis in mein Zimmer, wo er mit seinen Stechaugen mein Gesicht abscannt, als wäre er Verhaltensforscher und ich ein unbekanntes Wesen.

»Oh weh, es hat dich wohl übel erwischt. Tut mir leid, was ich im Zug über deinen Vater gesagt habe …«

»Schon gut«, schniefe ich. »Ich kann deine Mutter auch nicht leiden.«

Jamie nickt. Er trägt ein T-Shirt mit der Aufschrift *Mach du mal, ich habe mir gerade die Hände eingecremt.*

»Glaub mir, ich hab auch keine Lust, mit meinem Bruder in einem Zimmer zu schlafen. Schon weil er das mit der Reinigung der Hamster-Toilette noch nicht ganz draufhat.«

Jamie setzt sich auf Papas Schreibtischstuhl und legt die Füße auf den Tisch. Dann steckt er sich einen herumliegenden Stift in den Mund.

»Hör zu, wir brauchen einen Plan, wie wir die beiden auseinanderbringen.«

»Oha«, antworte ich.

Ich frage mich, ob ich mit einem Jungen, der von einem Schwachkopf verfolgt wird, gemeinsame Sache machen sollte. Doch im Moment erscheint mir alles besser als sechs Wochen Würgeschlange.

»Und wie bitte willst du das anstellen? Sollen wir ihnen Juckpulver ins Bett streuen? Und Enthaarungscreme unter das Shampoo mischen?«, schniefe ich.

Auf Jamies Stirn brennen sich Sorgenfalten ein, als hätte man sie hineingebügelt. Wahrscheinlich stellt er sich gerade seine Mutter mit Glatze vor.

»Nein, aus dem Furzkissen-Alter sind wir raus. Wir müssen viel ausgefuchster vorgehen. Schon mal was von psychologischer Kriegsführung gehört? Den Feind zermürben, ohne dass er es merkt? Am besten schlagen wir den Feind mit seinen eigenen Waffen. Dazu müssen wir nur seine Schwachstellen kennen!«

Vielleicht hat er recht. Vielleicht sollte ich statt auf Heulsuse mal auf Kriegerin machen. Nur blöd, dass ich so angeschlagen bin. Ein Boxer steigt auch nicht verwundet in den Ring.

»Meine Mutter tut so, als hätte sie gar keine Schwächen«, erklärt Jamie mit roten Ohren und von Papas angebissenem Kuli blau eingefärbten Lippen. »Aber das ist nur ein Trick. Willst du wissen, wie der funktioniert?« Ich schüttele den Kopf, doch Jamie redet einfach weiter.

»Sie will immer die Gute sein, verstehst du? Sie ist Miss Obernett! Eigentlich sollte sie Onnette und nicht Annette heißen. Weißt du, wie ätzend das ist, wenn man mit seiner Mutter noch nicht mal richtig streiten kann?«

Ich nicke, obwohl ich mir lieber die Ohren zuhalten würde.

»Es ist so: Wenn man blöd zu ihr ist, dann wird sie erst recht nett. Nur damit man sich noch mieser und schuldiger fühlt. Das ist so was von gemein!«

Und dann erklärt Jamie mir, dass er glaubt, Papa würde sich sofort von ihr trennen, wenn er diesen miesen Trick erst mal durchschaut hat. Aber das kann natürlich lange dauern.

Dann soll ich ihm erklären, wie mein Vater so tickt und wo seine wunden Punkte liegen. Es ist kein gutes Gefühl, Papa an einen fremden und ganz und gar vertrauensunwürdigen Jungen zu verraten. Darum verpetze ich auch nur eine ganz kleine Macke.

Jamie ist gleich begeistert. »That's it!«, erklärt er feierlich und hält mir die Hand hin, um unsere Zusammenarbeit zu besiegeln. Zögernd strecke ich ihm auch meine Hand entgegen. Er drückt sie ein winziges bisschen länger und fester als normal. So als würde er mir helfen, über eine Mauer zu springen. Und ich habe plötzlich einen Hauch von einer Ahnung, dass wir zusammen etwas bewirken können.

Am nächsten Morgen werde ich von einem Duft geweckt, der unter der Arbeitszimmertür hindurchkriecht wie ein süß-böser Nebelgeist.

Zimtschnecken, schießt es mir durch den Kopf. Augenblicklich schrecke ich hoch. Ich öffne den Koffer, den Mama schon vor meiner Reise nach Köln geschickt hatte. Obendrauf liegt ein Brief, den sie mit grünem Filzstift geschrieben hat.

Easy-Hase, du fehlst mir jetzt schon, obwohl ich ja nur deinen Koffer wegschicken soll. Hab eine ganz schöne Zeit bei deinem Vater, der sich riesig auf dich freut. Auch wenn ich manchmal schlecht über ihn spreche, was ich mir echt abgewöhnen sollte, ist es ja doch dein Vater, der dich über alles liebt.

Puh, der Brief bringt mich jetzt auch nicht weiter. Ich stopfe ihn schnell in meinen Kulturbeutel und ziehe mein neues Kleid an. Erst jetzt fällt mir auf, dass es zimtfarben ist. Ich hoffe, ich fange nicht auch schon an, den Dingen Bedeutungen zu geben, so wie Papa gestern dem Pizzaboden.

Obwohl ich es gar nicht will, muss ich über Mamas Brief nachdenken. Sie schafft es immer wieder, nett sein zu wollen und damit genau das Gegenteil zu erreichen. Weil mir jetzt all die unnetten Dinge wieder in den Kopf kommen, die sie je über Papa gesagt hat. Und die ich alle gar nicht hören wollte. Papa ist angeblich ein Hallodri – oder wahlweise ein Taugenichts und Tunichtgut. Dabei kann er super austeilen, aber nichts einstecken (O-Ton Mama). Wenn mal einer einen Witz über ihn macht, ist er sofort beleidigt und schmiedet schlimme Rachepläne. Nur weil er gleichzeitig so ein Hasenfuß ist, setzt er sie nie um. Gut, dass ich Jamie davon nichts erzählt habe.

In der Küche sehe ich Annette, die in einem geblümten Morgenmantel ein Backblech aus Papas Ofen zieht. Jimmi und Jamie sitzen bereits am Tisch und starren auf die herannahenden Zimtschnecken. Als Jamie mich sieht, zwinkert er mir zu. Ich nicke. Irgendwie ist mir die Sache nicht ganz geheuer. Aber jetzt gibt es kein Zurück mehr.

Papa betritt die Küche.

Sein Gesicht hat seltsame Flecken, und die Augen treten hervor. Er sieht so aus, als könnte er jeden Moment explodieren. Doch als er erkennt, wie einträchtig wir alle hier versammelt sind, hält er die Luft an und schluckt seine Explosion mit weit aufgerissenen Augen runter. Dann zischt er ein »Kommst du mal bitte« in meine Richtung. Ich zucke mit den Schultern und folge Papa in sein Arbeitszimmer.

Als er die Tür hinter uns zumacht, schnappt er nach Luft.

»Hättest du das nicht verhindern können?«

»Was meinst du?«, frage ich scheinheilig. Dabei weiß ich ganz genau, dass Papa sich vor nichts auf der Welt so sehr ekelt wie vor Zimt. Es ist absurd und hat mit einer Sache aus seiner Kindheit zu tun. Ich glaube, er hat nach einer Überdosis Zimtsterne mal eine ganz schlimme Magenverstimmung bekommen. Und ausgerechnet an dem Tag, als er stundenlang über der Kloschüssel hing, ist sein Hund gestorben. Das eine hatte nichts mit dem anderen zu tun. Aber Papa behauptet, sein Gehirn wäre wegen der Mega-Übelkeit damals nicht ganz auf der Höhe gewesen. Und es hätten sich Synapsen zwischen Zimt, Elend, Todesangst und Hundetrauer gebildet, die nie wieder getrennt werden konnten. Wenn ihm nur von Weitem auf dem Weihnachtsmarkt oder an einer Bäckerei Zimtgeruch in die Nase steigt, will er am liebsten nach Hause laufen und die Bettdecke über den Kopf ziehen. Eine Zimtwolke in der eigenen Wohnung ist der Super-GAU.

»Ich wusste nichts davon«, lüge ich und spüre, wie mir das Blut in den Kopf schießt. »Bin gerade erst wach geworden.«

Papa sieht ganz elend aus. »Lass uns abhauen. Lass uns draußen frühstücken, bis hier Gras über die Sache gewachsen ist.« Er ist viel zu sehr mit sich beschäftigt, um meinen roten Kopf zu bemerken, und läuft sogar schon mal vor zum Auto. Also muss ich den anderen in der Küche Bescheid geben.

Als ich diese Hundegeschichte erzählt habe, gucken mich alle mit großen Augen an.

»Oh, sterbi-sterbi!«, ruft Jimmi. »Müssen Hamster auch sterbi-sterbi machen?«

Annette Pokerface verzieht keine Miene, obwohl ich mir sicher bin, dass sie Papas Zimtflucht total bescheuert findet. Nur Jamie grinst, als er mir mit verschmiertem Mund »viel Spaß« wünscht.

»Okay, wo willst du hin?«, fragt mich Papa im Auto. Er wirkt immer noch angeschlagen. Ich reiche ihm die Bahnfahrkarte von Prinzessin Knallerbse mit der verschmierten Katzencafé-Adresse, und er startet wortlos den Wagen.

Wir verbringen den ganzen Vormittag zwischen Perserkatzen, die alle mindestens so alt wirken wie die Prinzessin selbst. Die meisten von ihnen haben schütteres, zerzaustes Fell und belegen schnarchend die besten Sessel dieses schlossähnlich eingerichteten Raums.

Die Knallerbse, die sich uns als *Mirabelle* vorstellt, steht hinter einer Theke voller ziegelsteingroßer Kuchenstücke und zwinkert mir zu. Passend zu einer Torte mit lila Zuckerguss trägt sie ein bodenlanges lila Samtkleid, das mit denselben silbernen Liebesperlen bestickt zu sein scheint, mit denen auch die Torte verziert ist.

Papa und ich setzen uns an einen Vierertisch, an dem zwei Plätze bereits von *Papst Pius* und *Lady Gaga* besetzt sind. Jedenfalls stehen diese Namen auf den Messingschildchen an den Polstersesseln. Pius leckt unentwegt seinen dicken Bauch und sieht mehr wie ein Buddha als wie ein Papst aus, während die Lady aus trüben Augen ins Nichts starrt.

Am Anfang simst Papa ganz oft mit Annette und trinkt dabei einen doppelten Espresso nach dem anderen. An den Rosinenplätzchen, die auf der Untertasse liegen, knabbert er nur. Ich gehe zu Mirabelle an die Theke und frage, warum sie nicht ein paar Babykatzen hier aufnimmt.

Sie lacht nur, und ich sehe wieder ihre goldenen Backenzähne aufblitzen. »Nein, nein, das hier ist und bleibt ein Seniorenheim. Eigentlich warte ich nur darauf, dass meine vierbeinigen Mitarbeiter aussterben. Dann mache ich den Laden dicht. Vorausgesetzt, ich sterbe nicht vor ihnen. Aber dann mache ich wohl auch dicht.«

Sie stellt meinem Vater und mir einen Teller mit Kuchenproben zusammen.

Ich sehe ihr zu, wie sie mit ihrer knittrigen Hand voller Altersflecken von jeder Ziegelsteinsorte eine hauchdünne Scheibe abschneidet. Dann schaut sie mir plötzlich direkt in die Augen. Ein bisschen so wie Jamie gestern Abend, als er meine Tränen erforschen wollte. Nur irgendwie wohlwollender.

»Okay, was ist es?«, sagt sie leise. »Warum bist du hier? Ist es wegen diesem Jungen im Zug?«

Ich nicke und frage mich, ob Papa ihr hinter meinem Rücken Zeichen gemacht oder einen Zettel zugesteckt hat.

»Du weißt nicht, ob du ihn magst? Und ob er dich mag?«

»Nein, ich mag ihn nicht«, antworte ich.

Mirabelle öffnet ein großes Glas mit Keksen und bittet mich, einen herauszunehmen.

Angeblich handelt es sich um selbst gemachte Glückskekse. Und die Zettel, die in den Teig eingebacken worden sind, hätte alle ein Mann beschriftet, der den Weltrekord im Lotto-Gewinnen hält.

»Er hat drei Mal den Jackpot geknackt. Das ist rechnerisch eigentlich gar nicht möglich«, erklärt Mirabelle und hält mir das Glas in Form einer riesigen Urne vor die Nase. »Wenn der nicht weiß, wo's langgeht, dann weiß es keiner.«

Ich fische mir den obersten Mini-Croissant-ähnlichen Keks heraus und breche ihn auseinander. Mein Spruch lautet: ALLES SEIN LASSEN.

Na toll. Wenn dieser Lotto-König auch alles sein gelassen hätte, dann hätte er wohl kaum die Lottoscheine ausgefüllt. Aber vielleicht haben ihn die Millionen ja auch unglücklich gemacht, und er rät jetzt jedem, sich in seinem alten Leben zu verkriechen wie eine Schnecke in ihrem Haus.

»*Seinlassen* nutzt nichts«, sage ich Mirabelle. »Die anderen haben schon alles bestimmt. Mein Vater hat sich in Jamies Mutter verknallt. Und die ganze Jamie-Familie ist bei uns eingezogen.«

»Oha!«, sagt Prinzessin Mirabelle-Knallerbse. »Hab ich doch gewusst, dass dieser Lotto-Typ nicht die hellste Birne am Leuchter ist.«

Ich gucke sie fragend an.

»Na ja, die dümmsten Bauern ernten die dicksten Kartoffeln, so sagt man doch.«

Dann setzt sie sich eine goldene Nickelbrille auf die Nase und begutachtet meinen Zettel etwas genauer.

Ich schaue zu Papa rüber. Der starrt wie Lady Gaga ins Leere, während der Buddha-Papst sich gerade eine Rosine von seinem Teller mopst. Er spießt sie auf eine seiner Krallen auf und leckt misstrauisch mit einer winzigen hellrosa Zunge daran.

»Na ja, vielleicht ist der Satz ja doch nicht so blöd, wie er tut«, erklärt Mirabelle. »Kommt ganz drauf an, wie man ihn betont.«

»Wie soll man den denn groß betonen? ALLES seinlassen? Oder Alles SEINLASSEN. Das macht die Sache irgendwie nicht besser.«

Mirabelle findet, wenn man drei Wörter daraus macht, dann wird ein Schuh daraus. Keine Ahnung, was dieser Schuh jetzt wieder zu bedeuten hat. Aber »Alles ... sein ... lassen« finde ich auch nicht besonders prickelnd. Egal wie lang die Pausen sind, die ich zwischen den Wörtern einlege.

»Okay, wenn der Keks nichts taugt, vielleicht kann ich dir ja helfen«, meint sie schließlich. »Du kannst immer herkommen, wenn Holland in Not ist.«

»Danke«, murmele ich, nehme den Probierteller und setze mich zu Papa.

»Oh, das sieht ja köstlich aus«, behauptet er und stochert auf dem Teller herum.

»Na, ist Annette sauer, dass du einfach abgehauen bist?«

Er nickt und presst die Lippen aufeinander. »Das mit der Zimtabneigung glaubt mir einfach keiner.«

Papa faselt etwas davon, dass er doch eigentlich der Erwachsene ist und diese schwierige Situation zwischen mir und den drei anderen meistern sollte. Stattdessen liefe er einfach weg, weil ihm irgendein falscher Geruch in die Nase gestiegen sei. »Annette muss ja denken, ich bin nicht ganz zurechnungsfähig.«

Ich nicke. Was ich über ihn denke, scheint ihm gerade nicht so wichtig zu sein. Dabei war mein Schock gestern am Bahnhof bestimmt tausendmal schlimmer als Annettes Unwohlsein über das verpatzte Zimtschneckenfrühstück.

Dementsprechend wird ihr auch bei unserer Rückkehr eine große Wiedergutmachung angeboten. Dabei scheint Annette gar kein bisschen sauer zu sein. Im Gegenteil, sie empfängt uns mit einem rot geschminkten Mega-Lächeln und einem Blech Vanilletaschen. Als Ausgleich für das ausgefallene Frühstück wünscht sie sich, dass wir abends alle zusammen in ein Steakhaus gehen.

Schon wieder kann ich den Abend nicht mit den Gilmores im Bett verbringen. Aber Jamie und ich haben ausgemacht, dass wir Familiensinn vortäuschen. Damit Papa und Annette nichts von unserer *psychologischen Kriegsführung* merken.

Im Steakhaus vergeht Jamie allerdings der Appetit auf Familiensinn. Als Vegetarier ekelt er sich vor Fleischbrocken fast genauso wie Papa vor einem Blech Zimtschnecken. Jedenfalls ist er zu nichts mehr zu gebrauchen.

Die sonst so mitfühlende Annette scheint das nicht weiter zu stören. Und als der Kellner kommt, bestellt sie mit weit aufgerissenen Augen: ein Viertelpfund, medium, oder nein, sagen wir doch lieber innen noch rot. Roh und ein bisschen blutig!«

»Einmal englisch«, notiert der Kellner und nimmt von uns anderen ein paar blutleere Salat- und Backkartoffel-Bestellungen entgegen. Auch Papa scheint nun der Appetit auf totes Tier vergangen zu sein.

»Und? Wie war euer Tag«, fragt Papa in die Runde.

»Medium«, knurrt Jamie. »Oder nein, sagen wir doch lieber roh. Roh und blutig!« Annette wuschelt Jamie durch die Haare. »Ach ja, unser Gutmensch! Tut mir leid, aber manchmal brauche ich einfach ein Stück Fleisch. So tolerant musst du schon sein.«

Papa, der wegen heute Morgen bestimmt noch ein schlechtes Gewissen hat, nickt nur. Aber verliebt guckt er Annette nicht gerade an, als sie ihr Fleisch anschneidet und blutiger Saft herausläuft, der die weiße Salatsauce rosa einfärbt.

Unter dem Tisch schreibe ich eine Nachricht an Jamie:

Hausaufgaben für morgen: alle Macken, Fimmel, wunde Punkte und schlimme Angewohnheiten unserer Eltern auflisten.

Ich schaue zu ihm herüber. Er hat einen Strichmund und nickt. Dann steckt er plötzlich sein Handy wieder weg, zieht dieses andere Steinzeit-Telefon aus der Hosentasche und schaut ziemlich verstört auf das Display.

Kurz darauf erscheint ein Typ an unserem Tisch, den man nicht in einem Steakhaus, sondern eher nachts in einer Unterführung vermuten würde. Er trägt ein hautenges und hautfarbenes T-Shirt, das an allen möglichen Stellen aufgeritzt ist, so als hätte ihm jemand Wunden zugefügt. Seine Lederhandschuhe haben an den Knöcheln silberne Pickel. Aber das Ekligste ist wohl seine Tätowierung, die aussieht, als könne man seinen Kopf mit einem Reißverschluss vom Hals abmachen. Das kleine Reißverschluss-Schiffchen ist sogar echt. Ein Piercing wahrscheinlich.

Papa steht automatisch auf, als der Typ sich unserem Tisch

nähert, während Annette sich an ihrem Fleisch verschluckt und einen Hustenanfall bekommt. Nur Jimmi zeigt ein bisschen Bewunderung für den Ankömmling. Jedenfalls starrt er fasziniert auf dessen Cowboystiefel. Die Absätze sind abgesägt, sodass die Stiefelspitzen nach oben zeigen wie Boote, deren Hinterteile schon untergegangen sind.

»Keine Panik, Leute«, erklärt der tiefergelegte Cowboy. »Ihr sagt mir, wo ich Tabasco finde, und ich ziehe sofort wieder ab.«

Ich schaue auf das kleine Saucen-Tablett neben Annettes Teller. Tatsächlich steht auch ein Fläschchen Tabasco darauf. Als ich es dem fleischfarbenen Cowboy hinhalte, fegt er es mir aus der Hand.

»Soll das ein Witz sein?«, flucht er. »Falls Tabasco sich hier irgendwo versteckt, dann rate ich euch, dass ihr jetzt das Maul aufmacht.«

Papa, der es noch nie leiden konnte, wenn jemand seiner Tochter zu nahe kommt, ist inzwischen hochrot angelaufen. An seinem Hals zeichnet sich diese schlimme Ader ab, die immer hervortritt, bevor die Welt untergeht. Sekunden später baut er sich vor dem Typen auf und schubst ihn mit voller Wucht von unserem Tisch weg. Und weil der hautfarbene Cowboy auf seinen untergehenden Stiefeln keinen guten Halt hat, fliegt er auch gleich der Länge nach auf den schwarz-weiß gefliesten Steakhaus-Steinboden.

Ein paar Kellner kommen angelaufen, packen ihn links und rechts unter den Armen und bugsieren ihn raus auf die Straße. Aber auch wir sind nach der Aktion keine gern gesehenen Gäste mehr. Jedenfalls wird uns noch während des Essens die Rechnung serviert.

Kanntest du den Typ?, schreibe ich Jamie unter dem Tisch.

Ich beobachte, wie er meine Nachricht liest und über eine Antwort nachdenkt.

Nee, schreibt er schließlich zurück.

Also Ja.

Keine Antwort.

War das Schwachkopf?

Wieder keine Antwort.

Und wer ist Tabasco?

Bei meiner letzten Nachricht schaut Jamie nicht mal mehr auf sein Handy.

Wenn wir zusammenarbeiten wollen, müssen wir schon ehrlich zueinander sein. Sonst läuft das nicht.

Erst als ich endlich mit meinem Laptop im Bett liege und bei Lorelai und Rory Gilmore reinschaue, kommt die Antwort.

Es ist besser für dich, wenn du nichts von der Sache weißt. Ich will dich da nicht mit reinziehen. Aber nicht, weil ich dir nicht vertraue.

Sondern ...

Sondern weil: Je mehr du weißt, desto gefährlicher kann das für dich werden. Also gar nix wissen ist null gefährlich.

Jetzt gehe ich zu Jamie ins Zimmer. Und ich rede einfach drauflos. Dass ich schon viel zu viel weiß, um nichts zu wissen. Dass ich immerhin mit Schwachkopf schon telefoniert habe. Vielleicht habe ich ihn ja auch schon kennengelernt, falls es der Typ mit dem abnehmbaren Kopf war. Oder besser gesagt mit dem abnehmbaren Schwachkopf. Und nicht zu vergessen: Mein Vater wäre beinahe in eine Prügelei mit ihm verwickelt worden.

Jamie starrt völlig entsetzt auf den schlafenden Jimmi. »Pssst!«, zischt er.

»Mir doch egal.«

Da legt er grimmig den Finger auf den Mund und schiebt mich mit der anderen Hand zur Tür hinaus. Auf dem Weg zum Arbeitszimmer kommt Papa uns entgegen. Als er uns sieht, entfaltet sich ein riesiges Grinsen auf seinem Gesicht. »Na, ihr zwei Sportsfreunde, gibt's noch ein Geheimtreffen? Heckt ihr irgendwas aus?«

Ich stöhne. Wenn der wüsste, wie richtig er damit liegt.

»Also hör zu«, flüstert Jamie, nachdem wir uns im Schneidersitz auf meine Matratze gesetzt haben. »Das Handy ist von einem aus Berlin, den ich kenne. Und dieser Typ hat Stress mit diesem Blödmann, der heute im Steakhaus aufgekreuzt ist.«

»Und dieser eine, den du aus Berlin kennst, heißt Tabasco?«

Jamie nickt. »Schwachkopf kann die SIM-Karte von Tabasco orten. Und wir dachten, wenn ich das Handy mit nach Köln nehme, dann hat Tabasco erst mal Ruhe in Berlin. Wer konnte denn ahnen, dass der Idiot mir nach Köln hinterherreist.«

»Und was will dieser Schwachkopf von diesem Tabasco? Was ist das überhaupt für ein blöder Name?«

»Weiß ich auch nicht so ganz genau«, behauptet Jamie, als es plötzlich klopft. Seine Mutter steht in der Tür. Sie hat Jimmi samt Schlafhasen auf dem Arm.

»Na, ihr Nachteulen«, sagt sie. »Jimmi ist wach geworden. Und hat behauptet, du wärst abgehauen.«

»Hab ich nicht«, murmelt Jimmi und drückt sein Gesicht in ihren Ausschnitt, der wie alles an Annette ziemlich groß ist.

»Und er hat Angst, dass dieser Cowboy aus dem Steakhaus hier auftaucht und seinen Hasen klaut.«

»Stimmt gar nicht!«, protestiert Jimmi immer noch in Richtung Busen.

Jamie scheint ganz froh zu sein, von seiner Mannschaft abgeholt zu werden. Immerhin muss er mir somit keine weiteren Schwachkopf-Details verraten.

Nach drei *Gilmore*-Folgen bin ich immer noch nicht richtig müde.

Okay, dann also die Kriegsführungs-Hausaufgaben.

Macken, Marotten, wunde Punkte, Ängste und Charakterschwächen meines Vaters tippe ich in meinen Computer.

Papa kann es nicht leiden, wenn das Honigglas verklebt ist oder sich an der Ketchup-Flasche schon ein braun-schwarzer Rand gebildet hat. Er mag keine Tiere in der Wohnung. Haare auf dem Sofa machen ihn wahnsinnig. Und Hamster findet er lachhaft, hässlich und überflüssig. Papa will alle Lebensmittel im Kühlschrank so schnell wie möglich verbrauchen. Darum mischt er in manche Gerichte Dinge, die gar nicht hineinpassen. Gurkenstückchen in die Bolognese oder klein gehacktes Ei in die Gemüsesuppe. Er würde auch immer erst die alten Sachen essen, bevor er sich die frischen Dinge gönnt. Leider sind die frischen Dinge auch schon wieder alt, wenn sie endlich an der Reihe sind.

Papa hasst Haare im Abfluss von der Dusche. Er ist davon überzeugt, dass sie die Rohre verstopfen, die in seiner Vorstellung eine Art Verdauungssystem des Hauses sind. Haben sich zu viele Haare irgendwo festgesetzt, muss man die ganzen Wände aufreißen, um die Stelle zu finden und sie herauszuoperieren wie einen Darmverschluss. Und noch was: Im Restaurant prüft er immer ganz genau die Rechnung, weil er Panik hat, übers Ohr gehauen zu werden. Selbst auf dem Weihnachtsmarkt an der Waffel-Bude ist er misstrauisch. Und das, obwohl die Rechnung von einer Engelsgestalt serviert wird.

Ich fühle mich mies, als ich das alles geschrieben habe. Wie schrecklich, wenn jemand so eine Liste über mich anfertigen würde. Und wenn Papa derjenige wäre ...

Auch wenn ich die schlimmen Dinge, die Mama über Papa gesagt hat, weggelassen habe, ist es immer noch schlimm genug.

Kurz nachdem die Mail mit einem kleinen Zischen zu Jamies Handy gerauscht ist, simst er mir auch schon seine Hausaufgaben. Die Liste ist ziemlich übersichtlich. Nach dem Motto: Bloß kein Wort zu viel.

Eifersüchtig

Als ich am nächsten Morgen in die Küche komme, sehe ich Papa und Annette knutschen. Mir wird auf der Stelle schlecht, und am liebsten würde ich mich sofort wieder davonschleichen. Aber die beiden haben mich entdeckt, und ein Zucken durchfährt Papas Körper. Es sieht aus, als wolle er sich losreißen. Doch Annette lässt ihm das nicht durchgehen. Sie drückt einfach ihre riesigen Lippen und ihren ausladenden Oberkörper noch eine unendliche Sekunde länger an meinen wehrlosen Vater. Dann lässt sie ihn los und wünscht mir in aller Seelenruhe »Guten Morgen«.

Jamie hat recht, wir müssen kämpfen.

Beim Frühstück schlage ich vor, dass Jamie und ich für das Mittagessen einkaufen gehen. Wir brauchen eine Gelegenheit, um etwas Richtiges zu planen. Mit Zimtschnecken hat noch niemand einen Krieg gewonnen.

»Supi, ich komme mit!«, ruft Jimmi. Und mit keinem Argument der Welt lässt er sich abschütteln.

Selbst auf dem Weg klebt er ständig an uns. Doch ich bin von diesem Kuss viel zu schockiert, um noch länger zu warten.

»Ich finde, wir fangen mit deiner Liste an«, eröffne ich das Gespräch so undurchsichtig wie möglich. »Immerhin war ja die Zimt-Sache auf meiner Liste, auch wenn wir da noch gar keine hatten.«

Jamie nickt, aber Jimmi will natürlich wissen, was für eine Liste gemeint ist.

»Ach nichts, nur die Einkaufsliste«, nuschelt Jamie.

»Wollt ihr schon wieder Zimt kaufen? Das war doch voll pupsi-kacki-blöd mit dem Zimt gestern!«

»Nein, das war ja die alte Liste«, versucht Jamie ihn zu beruhigen.

Als Jimmi eine Cola-Dose vor sich herkickt, fahre ich fort.

»Wir konzentrieren uns also voll und ganz auf das Ei-Wort?«, flüstere ich Jamie zu. Aber Jimmis Ohren sind überall.

»Meint ihr ein Ü-Ei?«, fragt er und lässt sofort wieder ab von der Cola-Dose.

»Nein, ein Hühnerei.« Jamie schiebt Jimmi von sich weg, aber der stemmt seine kleinen Patschehändchen in die Hüften und klebt jetzt erst recht an uns.

»Mama hat gestern schon ganz viele Eier gekauft. Ihr seid voll die schlechten Einkäufer!«

Als wir endlich im Supermarkt sind, erklären wir ihn zum

Chefeinkäufer. Doch statt die Dinge zu holen, die wir brauchen, will er lieber damit angeben, welche Lebensmittel er alle schon kennt.

»Das hier sind Pfifferlinge«, sagt er stolz und drückt mir einen Pilz unter die Nase. »Und wenn man sich den Namen nicht merken kann, dann soll man sich eine Pferdebrücke dahin bauen.«

»Eine was?«, frage ich.

»Eselsbrücke«, flüstert Jamie mir zu. »Aber fang lieber nicht an, mit ihm zu streiten.«

»Eine Pferdebrücke ist ein Wort, das so ähnlich ist wie das richtige Wort. Und wenn man die Brücke baut, dann kann man sich später erinnern.«

»Und was erinnert dich an Pfifferlinge?«, fragt Jamie genervt. Jimmi streckt seinen dreckigen kleinen Zeigefinger in die Luft und sagt: »Pfiffig. Pfifferlinge sind pfiffig. So merke ich mir das.«

Er winkt uns etwas näher zu sich heran und flüstert: »Meistens ist nämlich in einem Wort noch so ein geheimes anderes Wort drin. Und das sagt einem, was die Sachen können oder was die wirklich sind.«

Jamie kräuselt wieder seine Sommersprossen auf der Nase. »Na ja«, sagt er.

»Wieso sagst du nur na ja? Das ist total super!«

»Na ja, nicht in jedem Wort steckt so eine Beschreibung drin. Und pfiffig hört sich nur zufällig so ähnlich an wie Pfifferlinge.«

Jamie hatte recht: Jimmi zu widersprechen, war keine gute Idee. Seine Kulleraugen verengen sich zu bösen kleinen Sehschlitzen.

»Du bist nur neidisch, dass du nicht so tolle Pferdebrücken bauen kannst«, presst Jimmi aus zusammengekniffenen Lippen hervor.

Jamie nimmt ein Päckchen Zucker aus dem Regal. »Und das hier? Wie würdest du dir das merken?«

»Das muss ich mir nicht merken. Das weiß doch jedes Baby, dass das Zucker ist.«

»Aber wenn du es noch nicht kennen würdest? Ich meine ja nur. Welches geheime Wort steckt in Zucker, das uns sagt, was der Zucker für magische Fähigkeiten hat?«

Jimmi reißt die Augen wieder auf und ballt vor Wut die kleinen Fäuste. Doch dann grinst er plötzlich. »Zucker zuckt.«

Jamie und ich bekommen einen Lachanfall. »Du hast recht«, prustet Jamie. Doch Jimmis Mundwinkel sind gefährlich weit nach unten gerutscht.

»Immer machst du dich über mich lustig!«, sagt er mit bebenden Lippen. Und bevor ihm die Tränen in die Augen schießen, verschwindet er hinter dem nächsten Regal.

»Okay, jetzt schnell. Thema Eifersucht. Gibt es noch eine andere Frau im Leben von deinem Vater?«

Ich schüttele den Kopf.

»Keine, die er irgendwie toll findet?«

»Mir fällt höchstens die Mutter von Mona Mur ein. Einem Mädchen, mit dem ich in den letzten Sommerferien eine Zirkusschule besucht habe. Wenn mein Vater mich damals abgeholt hat, war auch Frau Mur immer da. Und die beiden sind so komisch umeinander rumgeschlichen. Jedenfalls konnte Papa sich nie auf meine Zirkusnummern konzentrieren, wenn sie neben ihm saß. Die Frau hat, glaube ich, einen echten Liebesfimmel. Ich meine, wer nennt schon seine Tochter Mona, nur damit sich ihr voller Name dann anhört wie *Mon amour!*

Jamie findet, dass Monas liebesfimmelige Mama sich super für unsere nächste Aktion eignet.

»Lade diese Mona doch mal ein! Vielleicht wird sie ja von ihrer Mutter gebracht und wieder abgeholt. Das lässt die sich bestimmt nicht entgehen, wenn sie so auf deinen attraktiven Vater steht.« Bei dem Wort *attraktiv* verdreht er die Augen und täuscht einen Beinahe-Zusammenbruch vor.

Puh. Eigentlich mochte ich Mona nicht besonders. Sie ist das unechteste Mädchen, das ich kenne. Die Haare sind gefärbt, die Fingernägel aufgeklebt, und in ihrem Gesicht trägt sie ständig ein falsches Lächeln. Oder war es nur ein unsicheres Lächeln? Gegen Unsicherheit spricht allerdings, dass sie ihre kaum vorhandenen Brüste mit einem BH aus dicken Schaumstoffschalen aufgeplustert hat. Und ihre Sporttasche war ein Louis-Vuitton-Fake. Wenn man so ein Ding überhaupt Sporttasche nennen kann.

»Okay«, sage ich. »Werde ihr mal eine Nachricht schicken.«

Kapitel 3

Mona hat riesige Lust, einen Nachmittag mit mir zu verbringen. Und sie kommt noch am selben Tag. Als sie Jamie sieht, hat sie jedoch noch viel riesigere Lust, den Nachmittag mit *ihm* zu verbringen. Jedenfalls wird aus dem falschen Lächeln in ihrem Gesicht ein echtes, nachdem Jamie und ich ihr die Tür geöffnet haben.

Egal, wichtiger sind die Gesichtszüge der Frau hinter ihr. Monas Mutter ist wirklich mitgekommen. Und obwohl ihre Tochter versucht, sie mit scheuchenden Handbewegungen und tödlichen Blicken loszuwerden, drängt sie sich mit in die Wohnung und behauptet, meinen Vater kurz über die Unverträglichkeiten ihrer Tochter aufklären zu müssen.

»Ich kann auch selber darauf aufpassen, keine Nüsse zu essen und keine Milch zu trinken«, zischt Mona ihr zu. Komisch, dass sie so gesunde Dinge nicht verträgt, während Wasserstoffperoxid auf der Kopfhaut oder Sekundenkleber auf den Fingernägeln ihr offenbar keine Probleme machen.

Statt Papa kommt allerdings erst mal Annette, die auf dem Gesicht von Monas Mutter eine kurze Entgleisung verursacht. Jamie wirft mir einen *Treffer-versenkt*-Blick zu.

»Darf ich fragen, wer Sie sind?«, will Annette in einem Tonfall wissen, als hätte sie Monas Mutter bei einer Straftat erwischt.

Papa, der für Unheil ziemlich gute Ohren hat, kommt Sekunden später auch angerannt. Aber da hat das Schicksal schon seinen Lauf genommen. Natürlich ist Annette die Kurzzeit-Entgleisung im Gesicht von Monas Mutter nicht entgangen. Und dass Papa alle Beteiligten extrem nervös und unbeholfen einander vorstellt, macht die Sache nicht besser.

»Ulla, was für eine Ü-ü-überraschung«, stottert er. »Und das bei so vollem Haus.« Er vergisst tatsächlich zu erwähnen, dass die Jamie-Familie jetzt hier wohnt und dass Annette seine neue Freundin ist. Fehler über Fehler.

Annettes Pokerface gerät mächtig aus der Form. Der Mund wird immer spitzer, und die Augenbrauen rücken so weit zusammen, dass sie sich beinahe in der Mitte berühren.

»Oh, ich wollte nicht stören. Soll ich Mona so um acht abholen? Ist das recht?« Monas Mutter zwinkert meinen Vater eindeutig zweideutig zu, und Papa kontert mit einem schiefen Lächeln und meint, man könne ja vorher noch mal telefonieren.

Dann sind plötzlich alle weg. Jamie verschwindet zu Jimmi ins Zimmer, und Papa läuft Annette ins Schlafzimmer hinterher.

»Puh, das war ja schräg. Was ist denn bei euch los?« Mona schüttelt sich wie ein Hund. Doch statt auf eine Antwort zu warten, will sie lieber wissen, wo dieser »coole Typ von eben«

abgeblieben ist. Dabei zieht sie mit einem Stift ein paar Schichten rosa Fett über die Lippen. »Ist das etwa dein Freund?«

»Nein, vergiss ihn, er wohnt nur vorübergehend hier.«

»Er ist also nicht dein Freund?«, wiederholt sie erfreut und massiert dabei das Fett in die Lippen ein. Zum Schluss streicht sie mit der Zunge noch eine Glanzschicht drüber. »Dann können wir uns doch mit ihm anfreunden!«

Ohne eine Antwort abzuwarten, klopft sie an Jimmis und Jamies Tür und verschwindet auch gleich in meinem ehemaligen Zimmer.

Ich überlege, ob ich einen Abstecher zu den Gilmores unter meine Bettdecke machen könnte. Soll Jamie sich doch um Mona kümmern. Immerhin war es ja auch seine Idee, sie einzuladen. Aber irgendetwas in mir will ihn nicht mit diesem unberechenbaren Mädchen alleinlassen.

In meinem alten Zimmer ist Jimmi gerade damit beschäftigt, dem Hamster ein Labyrinth aus aufgestellten Bilderbüchern zu bauen. Jamie sucht derweil bei eBay nach T-Shirts mit abgedrehten Sprüchen, und Mona schaut ihm dabei zu.

»Meine Mutter verkauft unsere Klamotten auch immer bei eBay«, erklärt sie. »Manchmal bezahlen die Leute sogar mehr, als wir vorher dafür ausgegeben haben. Und davon kaufen wir uns dann Sachen aus den neusten Kollektionen.«

Jamie holt tief Luft, so als wolle er zu einer Erklärung ausholen. Doch dann atmet er einfach wieder aus und sagt nichts.

»Manche Leute sind auch Selbstabholer. Oder sie wollen die Sachen anprobieren, bevor sie bieten«, erzählt Mona weiter. »Aber Mama will die zu Hause nicht reinlassen. Weil das ja Triebtäter sein könnten.«

»Was sind Triebtäter?«, will Jimmi wissen. Er baut gerade

mit einem Buch mit dem Titel *Irgendwie anders* eine Schleuse von der Käfigtür zu dem neuen Irrgarten. Mona schaut auf das Cover des Buches, auf dem ein fremdartiges blaues Knuddelwesen verstört auf einem Ohrensessel hockt.

»Ein Triebtäter ist anders als andere«, erklärt sie. »Der hat seine Triebe nicht unter Kontrolle.«

Jimmi schaut mitleidig auf seinen sympathischen kleinen Kinderbuchhelden.

»Und was macht ihr dann mit den Selbstabholern?«, will Jamie wissen.

»Mama trifft die Leute in so einem voll romantischen Bistro. Nur für den Fall, dass es doch keine Triebtäter sind, sondern total süße Typen. Meine Mutter ist ja Single, wisst ihr.«

»Aber gibt es denn süße Typen, die eure Frauenklamotten kaufen wollen?«, frage ich.

»Leider nein«, gibt Mona zu. »Aber Mama gibt die Hoffnung nicht auf. Sie sagt, man muss immer für den Ernstfall gewappnet sein. Vielleicht kauft mal ein Traummann was für seine Schwester oder so.«

Ich nicke, und Jamie klickt sich weiter durch das eBay-Angebot. Dabei lauschen wir auf die Gesprächsfetzen, die vom Nebenzimmer zu uns durchdringen. Die meisten stammen von Annette und klingen ziemlich bedrohlich. Es fallen Sätze wie »Das muss ich mir nicht bieten lassen« oder »Na toll, dann können wir ja gleich alle wieder ausziehen«.

»Warum sagt sie *na toll?*«, fragt Jimmi. »Das ist doch gar nicht toll.«

Mona atmet tief durch.

»Ist die Frau die Freundin von deinem Vater?«, will sie wissen.

Ich nicke. »Und streiten sie jetzt wegen meiner Mutter?«

Ich nicke wieder. »Glaub schon.«

Zu allem Überfluss geht jetzt auch noch das dicke alte Schwachkopf-Handy los. Es brummt und kreiselt auf dem Schreibtisch wie eine angeschossene Hummel.

Jamie steckt das zappelnde Gerät schnell in seine Hosentasche, wo es weiter rumtobt, als wolle es sich befreien.

»Mona, könntest du mir einen Gefallen tun?«, fragt er. »Könntest du mal ganz unauffällig aus dem Fenster gucken und mir sagen, was für Leute da unten so abhängen?«

»Wieso das denn?«, will Jimmi wissen. »Wer soll denn da sein?« Er springt auf und Jamie kann ihn im letzten Moment noch einfangen.

»Du nicht!«

»Warum denn nicht?«

»Weil!«

»Weil was?«

Jamie hält Jimmi einfach fest und schaut zu Mona, die sich zögernd dem Fenster nähert.

»Wer soll denn da sein?«, fragt sie. »Hast du Angst, dass meine Mutter wiederkommt und noch mehr Ärger macht?«

»Sag mir bitte einfach, was du siehst.«

Mona wirft einen Blick auf die Straße und verzieht die einbalsamierten Mundwinkel.

»Da ist so ein Asi, der auf alle Klingeln gleichzeitig drückt.«

Tatsächlich schellt es im selben Moment.

»Super, da ist sie ja schon wieder!«, hört man Annette aus dem Nebenzimmer rufen. »Kannst ja runtergehen, dann brauchst du dir keine Ausrede für das volle Haus einfallen zu lassen.«

Jetzt wird auch Papa laut. »Das ist echt unglaublich! Und weißt du was? Ich gehe jetzt wirklich runter und werde ihr sagen, dass sie nie wieder kommen soll. Weil meine durchgeknallte Freundin Amok läuft, wenn irgendeine Frau bei uns ihr Kind abholen will.«

Kurz darauf hört man die Wohnungstür knallen.

Jimmi hält sich die Ohren zu, und Jamie und ich schauen uns an. Dann werfen wir doch selber einen Blick aus dem Fenster und sehen, wie Papa unten auf Schwachkopf trifft. Die beiden geraten gleich aneinander, und Papa tippt hektisch auf sein Handy ein. Doch bevor er jemanden erreicht, hat Schwachkopf ihm das Ding auch schon aus der Hand geschlagen.

»Oh nein, wir müssen die Polizei rufen!«, zischt Jamie. Jimmi holt aus einer Spielkiste einen Polizeiwagen. Er aktiviert das Sirenengeheul, öffnet das Fenster einen Spalt und schmeißt das Auto hinaus.

»Bist du irre?«, ruft Jamie. »Wenn das jemand auf den Kopf kriegt!« Tatsächlich verfehlt das Auto den Schwachkopf nur um wenige Zentimeter. Erschrocken lässt der von Papa ab und hebt das immer noch heulende Geschoss auf. Er betrachtet den Polizeiwagen von allen Seiten, als würde er eine Botschaft enthalten. Papa blickt hoch zu unserem Fenster, was Jimmi ermutigt, noch eine Handvoll Plastikindianer hinterherzuwerfen. Das entsprechende Heulgeräusch macht er diesmal selber. »Hu-hu-hu-hu-hu!«

Jetzt schaut natürlich auch Schwachkopf zu uns hoch. »Ach da wohnt ihr Spacken!«, ruft er.

Jimmi stürzt mit Panikaugen in sein Bett und zieht die Decke über den Kopf.

»Wir haben die Polizei angerufen«, rufe ich zu den beiden runter. »Die sind jeden Moment hier.«

Jamie kramt tatsächlich das Handy aus der Hosentasche. Allerdings nicht sein eigenes, sondern den alten Brummer. Und statt die Polizei anzurufen, scheint er die Sache selber in die Hand nehmen zu wollen.

»Lass diese Familie in Ruhe, die hat nichts mit der Sache zu tun!«, sagt Jamie mit seltsam piepsiger Stimme in den Hörer.

»Tabasco, du Spacken!«, hört man Schwachkopf durch den winzigen Lautsprecher rufen. Ich schaue schnell wieder aus dem Fenster. Tatsächlich hat er sich von Papa abgewendet und läuft telefonierend davon. Mein Polizeiruf scheint gewirkt zu haben.

Dann halte ich meinen Kopf direkt an das alte Handy, um das Gespräch mithören zu können.

»Wo bist du? Willst du mich verarschen? Und warum soll diese Familie nichts mit dir zu tun haben, wenn ich dich immer bei ihnen orte?«

Jamie zuckt mit den Schultern und schaut mich mit flehenden Augen an. Ich schüttle den Kopf. »Weiß ich doch nicht«, sage ich so leise wie möglich.

Mona hat sich inzwischen zu Jimmi aufs Bett gesetzt und streichelt den wimmernden Berg Fußballbettwäsche.

»Ich kann dich nicht hören, irgendwie ist die Verbindung schlecht«, behauptet Jamie und hält den Hörer zu. Dann schaut er mich noch flehender an.

»Sag mir endlich, was Tabasco ausgefressen hat!«, flüstere ich.

»Tabasco hat Schwachkopf den Hund geklaut.«

»Dann besorgt ihm doch einen neuen Hund«, sagt Mona

und streichelt weiter über das Bettzeug, unter dem es inzwischen aufgehört hat zu wimmern.

Währenddessen hört man Schwachkopf erneut über das Handy fluchen.

»Dann stell dich gefälligst irgendwo hin, wo du besseren Empfang hast, du Penner. Wenn ich Big Boss nicht bis morgen Abend wiederhabe, dann ist deine komische Familie da auch weg. Kapiert?«

»Was meinst du mit weg?«, hakt Jamie noch mal nach und vergisst ganz, mit verstellter Stimme zu sprechen. Aber Schwachkopf scheint das nicht zu merken.

»Mit weg meine ich einfach ausradiert! Ex und hops, capito?«, brüllt er in den Hörer. »Das Gleiche gilt übrigens auch für den Fall, dass du noch einmal nicht ans Handy gehst, wenn ich dich anrufe!«

»Heißt es nicht ex und hopp?,« fragt Mona, die Schwachkopfs Schreianfall bis zum Bett hin hören kann. Auch Jimmi scheint die Sache zu verfolgen. Er wühlt sich unter seiner Decke hervor und schnieft mit verschwitztem Gesicht und geröteten Augen.

»Aber hops heißt doch sterbi-sterbi?!« Dann taucht er wieder ab und fängt erneut an zu heulen.

»Gib mir zwei Tage«, sagt Jamie wieder mit Piepsstimme in das Steinzeittelefon. Dann legt er auf. Es war eigentlich klar, dass er damit nicht durchkommen würde. Kurze Zeit später klingelt der alte Knochen schon wieder.

»Geh dran. Sonst radiert er uns weg«, ruft Jimmi unter der Bettdecke hervor.

Jamie starrt wie hypnotisiert auf das Handy, bis Mona aufsteht und es ihm einfach aus der Hand nimmt.

»Halooho«, trällert sie. »Nein, hier ist nicht Tabasco. Der ist grade auf Klo.«

Jimmi, der aus seinem Bettversteck hervorgekrochen ist, kauert sich zu uns, und wir hören halb gespannt, halb entsetzt Monas Worte.

»Wer ich bin? Oh, ich bin seine Freundin. Jedenfalls war ich das. Ehrlich gesagt habe ich eben mit ihm Schluss gemacht. Und wer bist du?«

Jamie schüttelt ungläubig den Kopf. »Tabasco ist zwölf. Und der ist alles andere als frühreif oder so«, flüstert er. Aber Mona lässt sich nicht beirren.

»Du heißt Big Ben? Was für ein cooler Name, so wie diese Uhr da in London?«

Ich schaue Jamie fragend an. »Er heißt Big Ben und hat seinen Hund Big Boss genannt?«, flüstere ich ihm zu. Jamie nickt. »Eigentlich heißt er nur Ben«, flüstert er zurück.

»Du hast recht, Tabasco ist echt daneben«, hören wir Mona sagen. »Der klaut wie ein Rabe. Der hat sogar schon mal jemandem einen Hund geklaut. Aber er kann nix dafür. Das ist so eine Krankheit, die heißt Kleptomanie oder so. Voll blöd.«

Jamie und ich halten die Luft an, aber Schwachkopf scheint das irgendwie zu schlucken. Jedenfalls wird er nicht laut, sodass wir weiterhin nur Monas Stimme hören.

»Was, du warst der, dem der Hund geklaut wurde?«, sagt sie. »Oh nein, das tut mir voll leid. Ehrlich gesagt habe ich wegen der Sache auch mit ihm Schluss gemacht, weil ich das so fies von dem fand. Er hat den gestohlenen Hund direkt im Tierheim abgegeben. Ich hab ihm gesagt, dass er ihn zurückholen soll. Aber dann hatten die den schon weitervermittelt. Angeblich an eine voll nette Familie. Nur leider hatten sie die Adresse von dieser voll netten Familie voll verschlampt.«

Immer noch ist kein Wort von Schwachkopf zu verstehen. Mona grinst zu uns rüber. »Ja, ich guck mal nach«, sagt sie. Dann läuft sie im Zimmer auf und ab und klappert mit der Tür.

»Tabasco«, ruft sie. »Tabascooo.« Sie keucht. »Oh nein! Der ist abgehauen. Und er hat seine ganzen Sachen mitgenommen. Na ja, kein Wunder, ich hab ja auch mit ihm Schluss gemacht. Nur sein olles Handy, das hat er mir hiergelassen.«

»Ey Alter, das ist ja wohl nicht wahr!« Jetzt hört man Big-Ben-Schwachkopf doch noch toben. »Sag nicht, der ist zurück nach Berlin, und ich bin ganz umsonst in dieses unnötige Köln gefahren.«

Mona schaut uns fragend an.

»Hamburg«, flüstert Jamie.

»Ich glaube, er wollte noch weiter nach Hamburg, keine Ahnung. Ich meine, der Blödmann hat ja noch nicht mal Tschüs gesagt.«

»Hör zu, ich fahr jetzt zum Bahnhof und check die Gleise«, krakeelt es aus dem Handy. »Und wenn der noch mal anruft, halt ihn auf! Du bist doch auf meiner Seite? Also wegen dem Hund und so?«

»Klar, bin ich. Und mach ich. Ich ruf dich an, wenn ich was weiß. Und viel Glück am Bahnhof.« Dann legt sie auf und grinst uns an. Einen Moment lang bin ich mir nicht sicher, ob sie diese Show abgezogen hat, um uns zu helfen – oder um Jamie zu beeindrucken. Beides wahrscheinlich. Und sie scheint auch beides geschafft zu haben. Jedenfalls streckt

Jamie ihr den Gefällt-mir-Daumen entgegen. »Du hast uns voll gerettet! Dabei kennen wir uns noch gar nicht.«

»Nenn mich Mona«, sagt Mona dauergrinsend.

Was für ein Nachmittag!

Bei der ganzen Aufregung haben wir glatt Baustelle Nummer eins vergessen: Annette und Papa.

Mein Handy klingelt, und Papa erzählt mir ganz aufgeregt von der Schwachkopf-Begegnung. Dabei weiß er doch, dass wir ihn von oben beobachtet haben.

»Das ist kein Zufall, dass der hier schon wieder auftaucht! Aber ich hab's immerhin geschafft, mit meinem Handy ein Foto von ihm zu machen. Kurz bevor er es mir aus der Hand geschlagen hat. Und jetzt bin ich schon auf dem Weg zur Polizei.«

Keine Ahnung, ob das die Sache besser oder schlimmer macht. Vielleicht gibt es ja sogar Fingerabdrücke. Aber wenn sie ihn schnappen, wird unsere ganze Geschichte auffliegen.

Nachdem Papa wieder aufgelegt hat, setzen wir uns alle auf mein ehemaliges Bett und versuchen, einen klaren Kopf zu bekommen.

»Tut die Polizei diesen Big Peng jetzt ins Gefängnis?«, will Jimmi wissen? Jamie schüttelt den Kopf. »Wir sind hier nicht bei Playmobil. Auf der Polizeiwache gibt es gar kein Gefängnis.«

»Gibt es wohl!«, behauptet Jimmi.

»Selbst wenn, wofür sollen sie ihn denn einbuchten? Dafür, dass er ein bisschen rumgepöbelt hat? Das reicht nicht.«

Jimmis Zeigefinger schnellt in die Luft, und seine Unterlippe fängt an zu beben. »Er hat gesagt, dass wir alle hopsgehen!«

Mona beginnt automatisch wieder an Jimmi herumzustreicheln. »Ach Quatsch«, sagt sie. Aber diesmal ist Jimmi nicht nach Trösten zumute. Er windet sich aus der Streichelzone und meint, wir müssten Papa noch mal anrufen, damit er der Polizei die ganze Geschichte erzählt. Ich schüttele den Kopf. Irgendwie habe ich keine Lust, meinen Vater da mit reinzuziehen.

»Wenn ihr wollt, nehme ich das Handy heute Abend mit zu mir nach Hause. Dann seid ihr komplett aus der Schusslinie«, bietet Mona an. Sie scheint Jamie echt beeindrucken zu wollen. Anders kann ich mir ihre übertriebene Nettigkeit nicht erklären. »Ganz lieb, aber nein danke!«, versuche ich sie zu bremsen.

Wer weiß, wie die Geschichte weitergeht, wenn die unkontrollierbare Mona weiter darin rumpfuscht. Außerdem würde sie ständig hier herkommen und uns Bericht erstatten wollen. Und ich müsste mitansehen, wie sie dabei Jamie anhimmelt.

Dann erzählt uns Jamie diese Hundegeschichte. Tabasco, der eigentlich Taban Skotter heißt, hatte zusammen mit Jamie einen Club gegründet. Gegen die Herrschenden, Herrischen und Herrchen aller Art.

»Worte, die mit *Herr* anfangen, sind voll uncool«, erklärt er. Mona legt den Kopf zur Seite und schaut so verzückt, als wäre Jamie ein Hundebaby.

»Immer wenn wir jemanden gesehen haben, der unter der Herrschaft eines anderen leidet, dann haben wir eingegriffen. Manchmal waren es nur ganz kleine Eingriffe. Denn gegen viele Herrscher ist man ja fast machtlos. Aber eben nur fast. Ein versteckter Stinkefinger geht eigentlich immer. Oder mal kurz die Meinung nuscheln und wegrennen ist auch super.«

Inzwischen hat auch Jimmi sich beruhigt und folgt Jamies Worten mit offenem Mund.

Jamie erzählt, dass sie eines Tages Big Ben, den Sohn des Schulhausmeisters, mit einem neuen Hund sahen. Big Ben war in den Augen von Taban der König aller miesen Herrscher, denn er hatte immer schon Kinder auf dem Schulhof fies behandelt. Jedenfalls konnte man davon ausgehen, dass der Hund ein echtes Hundeleben unter Herrchen Schwachkopf führte.

Einmal hatte Big Ben seinen Big Boss vor dem Supermarkt angeleint, als Taban und Jamie vorbeigingen. Sie erkannten den Hund sofort an dem Halsband, das mit denselben Stech-Pickeln versehen war wie die Handschuhe von Schwachkopf. Und sie haben den Kleinen einfach mitgenommen.

Es war ein junger Mops, der ja eigentlich ein Damen-Hündchen ist und kein Kampfhund. Man konnte also davon ausgehen, dass Schwachkopf trotz seiner Tätowierungen und seiner Fiesheit ein schwaches Herrchen war, das sich an einem noch schwächeren Hündchen vergreifen wollte. So wie er sich ja auch keine ebenbürtigen Feinde suchte, sondern Kinder auf dem Schulhof ärgerte.

Das dachten sich jedenfalls Taban und Jamie. Und sie banden das Tier los und brachten es in Sicherheit. Genauer gesagt zu Tabans Tante, deren Mops Mopsi vor einiger Zeit gestorben war und die sich einen neuen wünschte.

»Mit dem Pickel-Halsband?«, will Jimmi wissen, der inzwischen vollkommen von der Geschichte gefangen ist und das angedrohte Hopsgehen vergessen zu haben scheint.

»Nein, natürlich nicht. Das hat Taban vorher abgenommen und in seine Jackentasche gesteckt.«

Der Tante erzählten sie, der Hund wäre bei jemandem gelandet, der eine Mopsallergie hatte, ohne es vorher zu wissen. Darum müsse er ganz schnell ein neues Zuhause finden.

Alles wäre nach Plan gelaufen, wenn Jamie und Taban nicht zufällig am nächsten Tag auf dem Pausenhof Fußball gespielt hätten. Ein hitziges Spiel, bei dem sie ihre Jacken ausziehen mussten. Und als die Schulglocke klingelte, war ihnen immer noch heiß, sodass sie ganz vergaßen, sich wieder anzuziehen. Der Hausmeister fand die beiden Jacken und suchte die Taschen ab, weil er hoffte, einen Schülerausweis oder sonst etwas zu finden, um den Besitzer zu ermitteln.

»Und da hat er das Hundehalsband gefunden?«, kreischt Jimmi, so als wären wir im Puppentheater und hinter dem Kasperle würde plötzlich das Krokodil auftauchen.

»Er fand das Halsband und Tabans Handy. Und er hat erst mal alles mit in seinen Hausmeisterraum genommen, wo auch Schwachkopf rumlungerte, der an dem Tag helfen sollte. Als Schwachkopf klar wurde, dass der Jackenbesitzer der Hundeklauer sein musste, hat er wohl auf Tabans altem Handy irgendwas installiert, damit er es in Zukunft orten kann. Wahrscheinlich hat er sich schon gedacht, dass Taban den Hund nicht freiwillig wieder rausrücken würde.

»Puh!« Mona holt zum zweiten Mal ihren rosa Fettstift aus der Tasche und fährt versonnen über ihren Mund. Keine Ahnung, wovon sie gerade träumt. Hoffentlich nicht von einer aufregenden Zukunft mit Jamie oder gar Schwachkopf.

»Ich habe Taban geraten, er soll seiner Tante den Mops einfach wieder wegnehmen und ihn Schwachkopf zurückgeben. Aber er fand, man kann nicht eine Hundeseele retten, um sie dann dem Feind vor die Füße zu werfen, sobald es brenzlig wird. Immerhin war das der letzte Schultag vor den Ferien, und er dachte, nach sechs Wochen wäre der Fall vergessen und der Mops für immer in Sicherheit. Wer hätte gedacht, dass Schwachkopf wegen einem Tanten-Hund so eine Welle macht?«

»Vielleicht hat er den Hund ja geliebt«, gibt Mona zu bedenken. »Nur weil er tätowiert ist, heißt das noch lange nicht, dass er keine Gefühle hat.«

Jamie verdreht die Augen. »Mit einem Reißverschluss am Hals? Vergiss es. Ich hab den Typ mal in kurzen Hosen gesehen. Ihr glaubt nicht, was der sich aufs Bein tätowiert hat.«

»Was denn?«, will Jimmi wissen.

»Na, eine Liste von den Dingen, die er noch so vorhat. Und rechts daneben hat er sogar abgehakt, was er schon geschafft hat.«

Klar wollen alle wissen, was Big Ben für Pläne hat. Angeblich stand auf dem Bein:

Rache an Piser
1 Mio
E. rumkriegen
Realschulabschluss

»Und was davon war angekreuzt?«, frage ich.

»Nur der Realschulabschluss. Obwohl ich mir nicht sicher bin, ob er damit nur angeben will.«

Mona findet, dass ein Realschulabschluss nichts zum Angeben ist. Jedenfalls nicht in Schwachkopf-Kreisen. Und Jimmi will wissen, wer denn Piser sein könnte.

»Er meinte bestimmt Pisser«, erklärt Jamie. »Aber das mit

der Rechtschreibung hat er wohl trotz Realschulabschluss nicht so draufgehabt. Und sein Tattoo-Studio scheinbar auch nicht.«

»Vielleicht hat er sich das ja selber reingestochen!« Jimmi verzieht das Gesicht, als hätte er in eine Zitrone gebissen. »Vielleicht meint er mit Pisser ja auch mehrere Pisser. Vielleicht sind wir die Pisser.«

Jamie grinst und knufft seinen Bruder mit der Faust in den Bauch. »Wir sind doch keine Pisser! Außerdem habe ich das Schwachkopf-Bein schon letzten Sommer gesehen. Da kannte er uns noch gar nicht.«

»Was habt ihr denn für Themen?« Annette steht plötzlich in der Tür, und keiner hat sie reinkommen gehört. Wir starren sie mit aufgerissenen Augen an. Niemand sagt ein Wort. Wie lange steht sie wohl schon da? Und was hat sie alles mitgekriegt?

Wieder rettet uns Mona mit einer Lüge.

»Oh, wir sprechen gerade über so ein Online-Spiel, das wir alle spielen.«

Leider kommen ihre Ausreden bei Annette nicht so gut an wie bei Schwachkopf.

»Ein Online-Spiel, bei dem auch Jimmi mitspielt?« Sie streckt Jamie den lockenden Zeigefinger entgegen wie eine Hexe.

»Her mit dem Handy und dem Laptop!«

»Oh Mann! Jimmi hat nicht mitgespielt!«

Aber Annette kennt keine Gnade. »Schlimm genug, mit was für Ausdrücken du ihn hier versorgst.« Zu allem Überfluss schnappt sie sich auch noch das alte Taban-Handy und verzieht sich wieder.

Den Rest des Nachmittags verbringen wir mit erfolglosem Grübeln.

Zwischendurch kommt die Nachricht von Monas Mutter, dass sie zum Abholen doch nicht vorbeikommt und Mona den Bus nehmen soll. Bestimmt hat Papa mit ihr gesprochen. Vielleicht hat er sie ja auch getroffen, nachdem er bei der Polizei war. Jedenfalls kommt er erst am frühen Abend wieder nach Hause und beginnt in der Küche auf unschuldigem Gemüse rumzuhacken.

Plötzlich habe ich Angst, er könnte sich wirklich in Monas Mutter verliebt haben. Und statt Jamie würde dann Mona in meinem Zimmer wohnen. Vielleicht käme Jamie manchmal zu Besuch, weil er auf Monas falsche Fingernägel und ihr goldgefärbtes Haar reingefallen ist. Und auf ihre Geistesblitze, die uns immer tiefer in einen Sumpf aus Lügen hineinziehen. Gott sei Dank geht ihr Bus recht früh, sodass sie vorerst keinen weiteren Schaden anrichten kann.

Beim Abendessen herrscht Schweigen. So laut Papa beim Zubereiten war, so still ist er jetzt beim Essen. Annette hingegen hat sich wieder im Griff. Sie verteilt ihr gutmütiges Lächeln in alle Richtungen, sagt aber ebenfalls kein Wort. Jimmi ist mal wieder der Erste, der versucht, für Stimmung zu sorgen.

»Hat die Polizei jetzt den Tätowierten ins Gefängnis getan?«, fragt er und blickt Papa dabei geradezu anhimmelnd an.

»Welchen Tätowierten?«, will Annette wissen. Sie weiß wahrscheinlich noch gar nichts von Papas zweiter Begegnung mit Big Ben. Und keiner von uns scheint Lust zu haben, es ihr zu erklären. Nachdem Annette nicht mehr ganz so wohlwollend in die Runde schaut, pickt sie sich den Schwächsten raus.

»Was meinst du damit, Jimmi?«

»Äh, na der Schwachkopf aus dem Restaurant. Der hat doch eben geklingelt.«

Und schon wieder rutscht die Beherrschung aus Annettes Gesicht. »Waaas?«

Papa kommt Jimmi zu Hilfe. »Jaaa, es war nämlich gar nicht Monas Mutter, sondern es war dieser Idiot, der gestern nach Tabasco gefragt hat«, sagt er. Fehlt nur noch, dass er ein *Ätschibätsch* anhängt.

In dem Moment klingelt das Festnetz-Telefon, und weil niemand drangeht, springt der Anrufbeantworter an.

»Hi, hier ist der elektronische Michael. Bitte hinterlass doch eine Nachricht, und der echte Michael ruft zurück.«

Jamie verdreht die Augen.

»Hi Michi, ich bin's, Schnuffel. Wollte nur mal hören, wie's so läuft. Melde dich doch mal.«

Das Ätschibätsch im Gesicht meines Vaters weicht einem *Oh-Gott-das-bitte-nicht-auch-noch*-Ausdruck. Und Annette schluckt so laut, dass wir gar nicht anders können, als mitzuschlucken.

»Wer ist denn Schnuffel?«, fragt Jimmi. »Das ist doch ein Hundename.«

»Kosename«, erklärt Annette. »Das ist ein Kosename für Hunde und Menschen.«

Papa, der die Sache aufklären sollte, sagt kein Wort. Und auch wenn Jamie und ich eigentlich froh sein könnten über diese zweite Eifersuchtswelle, kann ich das Schweigen am Tisch kaum ertragen.

»Das ist nur meine Mutter«, sage ich. Erst dann fällt mir auf, dass diese Information die Sache nicht besser macht.

»Hä, deine Mami heißt Schnuffel?« Jimmi verzieht angewidert das Gesicht, und Papa schnauft, so als wären alle am Tisch zu blöd, um zu kapieren, dass er eigentlich der harmloseste und treuherzigste Mensch unter der Sonne ist. In gewisser Weise ist er das ja auch.

Jimmi schaut mit weit aufgerissenen Augen von einem zum anderen. Der Riss in Papas und Annettes Beziehung ist nicht mehr zu übersehen.

»Müssen wir jetzt ausziehen?«, fragt er.

»Wie kommst du denn da drauf?«, zischt Papa.

»Mama hat vorhin gesagt, *na toll, dann können wir ja gleich wieder ausziehen!*«

Jetzt bekommt Annette große Augen. »Hast du etwa gelauscht?« Sie sieht Jimmi streng an, als wäre er derjenige, der Mist gebaut hat. Und sie geht mit keinem Wort auf den Mist ein, den Papa und sie laufen haben. Typisch.

»Gar nicht! Ich hab nicht gelauscht«, stammelt Jimmi. »Aber ihr habt so laut geschrien, dass ich es hören musste. Durch die Wand durch. Alle haben es gehört. Sogar die Neue hat es gehört.«

Dann läuft er weinend in sein Zimmer, wo er kurze Zeit später einen Schreianfall bekommt. »Stinkie Miller! Wo bist du? Stinkie Miller ist weg! Hilfe, jemand hat Stinkie Miller geklaut. Bestimmt dieser Schwachkopf.«

»Ich hab ihm doch gesagt, dass der Hamster aus dem dämlichen Labyrinth ausbrechen wird!«, murmelt Jamie. »Das war voll wackelig!«

Papa und Annette springen gleichzeitig auf. Wahrscheinlich sind sie ganz froh, dass der Hamster Stress macht und sie uns ihren eigenen Stress nicht erklären müssen.

»Ich geb den beiden noch zwei Tage«, flüstert Jamie mir zu. Bei der Hamstersuche entpuppen sich Papa und Annette allerdings als tolles Team. Sie rücken gemeinsam Schränke von den Wänden und übertreffen sich darin, immer wieder neue Ideen für geheime Hamsterverstecke auszukundschaften. Auf Jamies Stirn bilden sich erste Sorgenfalten.

»Das hat nichts zu bedeuten«, flüstere ich zurück. »Mein Vater wird gerne hyperaktiv, wenn irgendwas mit ihm nicht stimmt. Das heißt noch lange nicht, dass alles wieder gut ist.«

Kapitel 4

Als ich mich abends zu Jamie und Jimmi ins Zimmer schleichen will, brummt die Garderobe. Es ist ein unverkennbares Brummen, und es kommt direkt aus Annettes Trenchcoat: das Steinzeithandy!

Vorsichtig ziehe ich das Ding aus der Manteltasche und schaue auf das Display. Schwachkopf! Er will wohl mit Mona sprechen. Hätte man sich denken können, dass ihr Auftritt als Tabasco-Freundin noch ein Nachspiel hat. Was will er nur von ihr? Sich mit ihr treffen? Oder noch mal Stress wegen dem Mops machen? Was passiert, wenn sie nicht drangeht? Wird er das Handy wieder orten? Und automatisch wieder bei uns landen? Er muss ohnehin denken, dass sie im selben Haus wohnt, weil er das Handy ja hier schon geortet hatte, bevor die beiden gesprochen haben. Vielleicht denkt er ja auch, Mona gehört zu unserer Familie, und er bricht hier ein. Und vielleicht ist ihm auch die Polizei auf den Fersen, weil Papa auf der Polizeistation war. Und er will bei uns untertauchen. Hilfe! Wir müssen dieses Handy unbedingt loswerden. Nur blöd, dass Schwachkopf unsere Adresse schon kennt.

Ich schnappe mir den brummenden alten Knochen aus der Manteltasche und schließe mich damit im Bad ein. Dann gehe ich dran.

»Hallooo«, versuche ich Monas anmacherische Art zu imitieren. Ich hätte vorher üben sollen.

»Ist da die Ex von Tabasco?«, knurrt es aus dem Steinzeithandy.

Panisch versuche ich mich an die paar Krimis zu erinnern, die ich in meinem Leben gesehen habe. Und daran, wie man auf solche Fragen antwortet.

»Wer will das wissen?«, säusele ich schließlich im Mona-Style. Es hört sich ziemlich daneben an.

»Hör zu, ich bin's, Big Ben. Du weißt schon, der Typ, dem dein mieser kleiner Ex den Hund geklaut hat.«

»Ah ja, klar, ist nur grade schlecht ...«

Ich komme gar nicht dazu, irgendeine Ausrede zu erfinden, Schwachkopf fällt mir sofort ins Wort.

»Folgendes, ich muss mal ganz schnell bei dir untertauchen. Du wohnst doch im selben Haus wie diese abgespackte Familie mit diesem Aggro-Vater. Bin gleich da.«

»Ähhh...«, versuche ich ihn zu unterbrechen.

»Am besten kommst du schon mal runter und lässt mich durch irgendeinen Hintereingang rein.«

Es fühlt sich an, als würde ein Stromschlag alle meine Nerven gleichzeitig freilegen. Zum Nachdenken bleibt keine Zeit. Hoffentlich funktioniert mein Gehirn auch automatisch, ohne zu denken.

»Oh, tut mir leid, aber ...«, höre ich mich stammeln.

»Für ein Nein hab ich grade keine Zeit. Also, wo bist du?«

»Ich bin schon weg, zusammen mit meinem neuen Freund. Und der ist auch aggro. Ich meine, wenn der dich sieht – das gibt Mord und Totschlag.«

»Oh Mann, Alter, lass dir was einfallen. Sag ihm, ich sei dein Bruder oder so.«

»Sorry, es geht echt nicht, bin echt schon unterwegs«, antworte ich und drücke panisch auf den roten Hörer, so als könnte ich das Handy damit im letzten Moment entschärfen. Ich reiße das Fenster auf und werfe es in hohem Bogen hinaus.

Der alte Knochen landet im Sandkasten hinter dem Haus. Hoffentlich ist das Ding kaputt und nicht mehr weiter zu orten.

Dann klopfe ich leise an die Tür der Jungs und schlüpfe in ihr Zimmer. Jamie liegt im Bett und schaut mit Kopfhörer einen Film auf dem Laptop, während Jimmi ganz leise vor sich hin schnarcht. In der Kuhle seines rechten Auges glitzert noch eine letzte Träne über den nicht wiedergefundenen Stinkie Miller.

Die Dunkelheit und Stille wirken irgendwie beruhigend. Wie gemütlich könnte es sein, wenn ich »nur« das Familienproblem hätte – und nicht auch noch das Mops-Problem, das genau genommen ja gar nichts mit mir zu tun hat.

Im Zimmer ist es dunkel genug, um einen Blick aus dem Fenster zu wagen, ohne von draußen gesehen zu werden. Schwachkopf kommt gerade von Weitem angeschlurft.

Als Jamie mich sieht, springt er auf und stellt sich neben mich. Ich flüstere ihm die wichtigsten neuen Entwicklungen zu. Dabei starre ich auf sein T-Shirt mit der Aufschrift *Zwist ist Mist,* an dessen unterem Saum er nervös herumzupft.

Schwachkopf kommt in der Zwischenzeit immer näher. Er hält sein Handy wie einen Kompass vor sich und sieht ein bisschen aus wie ein Schlafwandler, der einem inneren Auftrag folgt. Doch statt zur Tür steuert er am Haus vorbei.

»Er sucht das Handy, komm mit in mein Zimmer!«, flüstere ich, und Jamie folgt mir. Im Flur hören wir Annette aus der Küche seufzen und Papa besänftigend auf sie einreden.

»Lass uns aufhören mit dem Streiten. Es ist doch absurd, dass selbst die Kinder sich besser verstehen als wir«, sagt er.

Jamie schaut mich an und zieht verächtlich die Oberlippe auf einer Seite hoch. Keine Ahnung, was er blöder findet: dass Papa versucht, sich zu versöhnen, oder dass wir beide wie Freunde rüberkommen. Ich nehme ihn am Arm und ziehe ihn weiter in mein Zimmer. Tatsächlich ist Schwachkopf inzwischen bei dem kleinen Spielplatz hinter dem Haus angekommen. Vor dem Sandkasten bleibt er stehen und schaut sich um. Dann entdeckt er Tabascos Handy im Sand. Er hebt es auf und tippt eine Weile darauf herum.

»Hat Taban deine Nummer gespeichert?«, frage ich.

Jamie nickt. »Meine Mutter hat noch mein Handy. Keine Ahnung, wo sie es hingetan hat.«

Lautlos öffnen wir die Zimmertür einen Spalt und lauschen. Tatsächlich dringt ein gedämpfter Klingelton aus der Küche bis in den Flur.

»Wer ruft denn jetzt schon wieder an?«, hören wir meinen Vater stöhnen.

»Ach niemand, das ist glaube ich nur das Handy von Jamie. Ich hatte es ihm vorhin abgenommen.«

Dann raschelt es, und das Klingeln wird lauter und klarer, so als hätte es jemand irgendworaus befreit.

»Oh, es ist Jamies Freund Taban«, sagt Annette. »Da muss ich mal kurz rangehen. Mit dem hab ich noch ein Hühnchen zu rupfen.«

Jamie und ich halten die Luft an.

»Taban? Hier ist Annette«, sagt sie gar nicht mehr zerknirscht und seufzend, sondern wieder ganz beherrscht auf ihre unfehlbare Annette-Art.

Es entsteht eine Pause, in der Jamie die Augen aufreißt und mich anschaut, als würde gleich die Welt untergehen. Und das alles nur wegen diesem blöden Mops.

»Was, wer ist da? Der Sohn des Hausmeisters? Wie kommen Sie denn an Tabans Handy?«

Jamie sieht inzwischen aus, als hätte er einen Feuerwerkskörper verschluckt und würde jeden Moment explodieren.

»Ach so, verloren. Aber da kann Ihnen Jamie wohl auch nicht weiterhelfen. Wir sind nämlich gerade in Köln, und Taban verbringt die Ferien, soviel ich weiß, bei sich zu Hause in Berlin.«

Dann entsteht eine Pause. So angestrengt wir auch hinhören, wir können kein einziges Wort von Schwachkopf verstehen.

»Was? Einen Mops?«, unterbricht ihn Annette. »Keine Ahnung, nein, mein Sohn hat keinen Mops, das wüsste ich ... Nein, er ist auch gar nicht da, Sie können ihn jetzt nicht sprechen.«

Als das Gespräch zu Ende ist, lassen wir die Tür wieder lautlos ins Schloss fallen und wagen einen weiteren Blick aus dem Fenster. Schwachkopf scheint noch andere Nummern aus Tabans Handy anzurufen. Jedenfalls telefoniert er weiter und stolziert dabei auf seinen tiefergelegten Cowboystiefeln über den Spielplatz. Ob er es Annette abnimmt, dass Taban nicht in Köln ist? Oder gibt er mehr auf Monas Story?

»Hoffentlich ruft er nicht auch noch bei Tabans Eltern an!«, sagt Jamie gequält. Kurz darauf stehen Annette und Papa plötzlich im Zimmer. Sie machen das Licht an, und wir springen automatisch vom Fenster weg.

Klar will Papa wissen, wen wir da unten beobachtet haben. Und auch wenn Jamie und ich gleichzeitig »Neiiin!« schreien, läuft er ans Fenster und entdeckt seinen neuen Erzfeind, der sich gerade telefonierend auf die Schaukel setzt.

»Das darf doch nicht wahr sein, der schon wieder!«, schnauzt Papa.

Annette, die inzwischen ebenfalls aus dem Fenster starrt, dreht sich zu uns um.

»Was habt ihr mit der Sache zu tun?«, fragt sie merkwürdig ruhig und kein bisschen feindselig. Ich will gerade alles gestehen, da kommt Jamie mir mit einem »Womit denn? Was meinst du damit?« zuvor.

»Wieso verfolgt uns dieser Typ? Und wieso ruft eben der Sohn des Hausmeisters von Tabans Handy aus bei dir an? Das ist doch alles kein Zufall mehr.«

»Bist du etwa an mein Telefon gegangen?«, kontert Jamie. »Du weißt genau, dass ich das hasse! Das ist *mein* Handy. Ich gehe auch nicht an deins, wenn deine komischen Freundinnen anrufen, und labere einfach mit denen rum.«

Während Annette sich in einen Streit mit Jamie verwickeln lässt, bleibt Papa weiter an Schwachkopf dran. Er starrt auf die Schaukel und murmelt unverständliche Flüche und Drohungen vor sich hin. Dann reißt er plötzlich das Fenster auf und schreit: »Hey du Lackaffe! Das ist Hausfriedensbruch.

Wenn du dich noch einmal hier blicken lässt, dann, dann ... dann zeige ich dich an.«

Es gibt nichts Uncooleres, als wenn Papa versucht, cool zu sein. Immerhin hört es sich so an, als hätte er bei der Polizeistation heute Mittag nicht besonders viel bewirken können. Und als wäre Schwachkopf kein Großkrimineller, der schon auf der Fahndungsliste stand.

»Alter, ich glaub's nicht, du schon wieder!«, brüllt Schwachkopf zurück. »Pass auf, dass ich nicht dich und deine kleine Schnuffelwuffel-Familie kaltstelle.«

»Sprich ruhig weiter. Das habe ich alles mit meinem Handy aufgezeichnet«, ruft Papa. »Damit hab ich dich. Das reicht für eine Anzeige wegen Beleidigung und Androhung von Körperverletzung!«

»Jo, Alter. Und jetzt husch, husch zurück ins Körbchen.« Schwachkopf springt von der Schaukel, zeigt uns den Stinkefinger und verschwindet samt Steinzeithandy in der Dunkelheit.

Papa macht das Fenster wieder zu und findet, wir sollten reden. Alle vier und ganz ernsthaft.

Als wir alle am Tisch sitzen, bin ich wieder drauf und dran, die ganze schwachsinnige Schwachkopf-Sache zu beichten. Aber ich schaffe es nicht, Jamie in den Rücken zu fallen. Und der streitet hartnäckig alles ab, obwohl Annette kurz davor ist, die Wahrheit zu erraten. Sie erfindet immer neue Versionen, in denen sie Schwachkopf, Tabasco, den Hausmeistersohn und den verschwundenen Mops wie ein Puzzle zusammensetzt. Dabei schaut sie Jamie so eindringlich an, dass ich schon vom Zugucken eine Gänsehaut bekomme. Auch Papa scheint von Annettes Spürsinn beeindruckt zu sein. Nicht, dass er sich aufs Neue verliebt! Seine Augen bekommen jedenfalls wieder diesen Glanz, und der Mund steht ein paar Millimeter weit offen. Und als die beiden später im Schlafzimmer verschwinden, fangen sie auch nicht wieder an zu streiten. Jedenfalls nicht laut.

Als ich mich für eine letzte Lagebesprechung noch mal heimlich ins Jungs-Zimmer schleiche, warten wir jedenfalls vergeblich auf ein Donnerwetter von nebenan.

»Meine Mutter hat übrigens übermorgen Geburtstag«, sagt Jamie. »Der muss auf jeden Fall ein Reinfall werden!«

»Will sie denn feiern?«

Jamie zuckt mit den Schultern. »Ist eigentlich nicht ihre Art. Wahrscheinlich hat sie deinem Vater gar nichts gesagt. Sie hat immer solche Angst vor Geburtstagsenttäuschungen, dass sie niemandem davon erzählt. So wird der Tag dann in jedem Fall ein Reinfall. Aber eben ein geplanter. Du weißt schon, sie ist ja Miss Kontrolletti.«

Puh, wie traurig, denke ich. Und das, obwohl Annette immer so unfehlbar und über alles erhaben wirkt. Wir schweigen eine Weile. Selbst Jimmi hat mit dem Schnarchen aufgehört, sodass es zum ersten Mal an diesem Tag mucksmäuschenstill ist. Es ist so still, dass man die Flöhe husten hören könnte. Aber da – plötzlich – hören wir ein winziges Geräusch aus der Superman-Ecke. Jamie und ich schauen uns an. Dann schleichen wir uns von zwei Seiten an den zusammengesackten Kuschel-Helden an. Jamie hebt Superman ganz vorsichtig hoch. Doch außer ein paar Schaumstoffkrümeln ist nichts zu sehen.

»Leg ihn doch mal auf den Bauch«, flüstere ich und schalte die Taschenlampe in meinem Handy an. Dann ziehe ich

Superman seine seltsame rote Badehose mit Gürtel runter, die er über seinem hautengen blauen Kostüm trägt. Tatsächlich hat er unter der Hose ein Loch im Po, aus dem weitere Schaumstoffflocken herausschauen. Jamie schüttelt den Kopf. »Ich glaub's nicht!«

Es dauert ganz schön lange, bis wir Stinkie Miller aus dem Inneren des Stoffhelden befreit haben. Er hat sich eine Höhle bis zum Hals gegraben, die er mit kleinen, spitzen Hamsterbissen verteidigt. Als er endlich wieder in seinem Käfig ist, frisst er im Affentempo den Fressnapf leer und saugt dann wie ein Verdurstender an seinem kleinen Wasserfläschchen. Puh, wenigstens eine gute Tat für heute.

»Soll ich meinem Vater sagen, dass Annette Geburtstag hat?«, frage ich Jamie zum Abschied.

Nur, wenn du ihm auch einen richtig gemeinen Geschenktipp gibst. Jamie grinst.

»Vielleicht eine Mitgliedschaft im Fitness-Center. Mama hasst Sport. Und sie hat gleichzeitig immer Angst, dass sie zu dick ist.«

Am nächsten Morgen stellt sich raus, dass Papa die Sache mit dem Geburtstag längst weiß. Er zieht mich sogar ins Vertrauen, was das Geschenk angeht. »Man kann ja so viel falsch machen«, stöhnt er. Und die Idee mit der Fitness-Center-Mitgliedschaft findet er »nicht sooo gut«. Er gibt sogar zu bedenken: »Sieht das nicht so aus, als würde ich Annette für unsportlich halten? Oder gar für zu dick?«

Nicht, dass sich Papa noch zum Frauenversteher mausert.

»Wenn du ihr ein Parfüm schenkst, bedeutet das doch auch nicht, dass sie stinkt«, versuche ich halbherzig dagegenzuhalten. Er grinst nur.

Den Nachmittag verbringen wir alle fünf im Einkaufszentrum. Wobei Papa immer wieder versucht auszubüxen, um heimlich in das ein oder andere Damenunterwäsche-Geschäft abzutauchen. Wie eklig ist das denn?! Ob ich auch gerne irgendetwas hätte, wird gar nicht erst gefragt. Dabei waren Papa und ich früher das coolste Shopping-Team aller Zeiten. Ich durfte mir immer drei große und drei kleine Sachen aussuchen. Und dann haben wir gemeinsam Klamotten für ihn gekauft, weil er angeblich selber nie weiß, was ihm steht und was nicht. Wenn er dann einmal in der Umkleide stand, habe ich immer neue Sachen angeschleppt und das Ergebnis fotografiert. Die besten Fotos habe ich sogar heimlich an Mama geschickt. Nur damit sie mal sieht, was für ein Super-Typ ihr da verloren gegangen ist. Jetzt nur nicht wieder wehmütig werden!

Jamie ist auch genervt. Weil er Shopping hasst und ihm die Abstecher meines Vaters in die diversen Dessous-Shops auch nicht entgangen sind.

»Wir müssen unbedingt den nächsten Angriff planen«, flüstert er mir zu. Und kurze Zeit später ergibt sich die Gelegenheit, eine halbe Stunde alleine loszuziehen. Wir setzen uns auf zwei Massagesessel vor einem Piercing-Studio, wo so schnell bestimmt niemand aus unserer neuen Familie vorbeikommt.

»Wie konnten die beiden sich so schnell wieder vertragen?«, will Jamie wissen.

»Keine Ahnung. Vielleicht ist ja alles nur Show, weil sie vor uns nicht zugeben wollen, wie schlecht sie drauf sind. Bevor meine Eltern auseinandergegangen sind, haben sie vorher auch immer voll auf harmlos gemacht.«

Jamie ist nicht wirklich überzeugt. Er spendiert uns jedem eine Massage-Einheit, und aus den Sesselpolstern drücken seltsame Wülste und innere Greifarme gegen unsere Rücken. Ich mache die Augen zu und versuche mir einzubilden, dass es sich toll anfühlt. Doch dieser seltsame Würgegriff im Nacken ist alles andere als feinfühlig. Als ich mich vorbeuge, um meinen Nacken wieder zu entspannen, bleibt der Griff allerdings an mir dran.

Panisch mache ich die Augen auf und blicke direkt in das Gesicht von Schwachkopf.

»Dass ich euch noch mal wiedersehe«, sagt er. Dann lässt er los und legt seinen Finger auf die rauen Lippen. »Pssst, wer wird denn da gleich losschreien«, flüstert er.

»Lass sie in Ruhe!«, faucht Jamie ihn an. Aber Schwachkopf grinst nur.

»Krass, dass ich euch auch mal alleine erwische. Sonst seid ihr ja nur im Rudel unterwegs. Brav mit Mami und Papi.«

»Bist du uns etwa hinterhergelaufen?«, will Jamie wissen.

Schwachkopf zieht verächtlich die Augenbrauen hoch, die mehr oder weniger aus Metall-Pickel-Piercings bestehen.

»Na ja, nachdem ich mit eurer Mami telefoniert habe, ist mir so einiges klar geworden. Tabasco, dieser Hunde-Abzieher, ist gar nicht nach Köln gefahren. Sondern nur sein blödes Handy. Und zwar mit euch, ihr Spacken. Und diese angebliche Tabasco-Ex, mit der ich telefoniert habe, das warst du!«

Schwachkopf zeigt mit dem fiesesten Zeigefinger, den ich je gesehen habe, auf mich. Sein vergilbter und abgewetzter Nagel ist so lang, dass er sich wie eine Kralle nach unten wölbt.

»Das ist nicht meine Mami. Und ich bin auch nicht die Ex von Taban. Und telefoniert haben wir auch nicht«, protestiere ich. Aber es klingt so hilflos, wie wenn Jimmi abstreitet, dass er das letzte Eis aus dem Tiefkühlschrank gemopst hat.

»Is klar, Missi. Du nagelst mir kein Ei mehr auf die Schiene!«

»Hey, sie war es wirklich nicht!«, kommt Jamie mir zu Hilfe. »Aber egal, was willst du von uns?«

»Ganz einfach, ich hab keine Kohle mehr für die Rückfahrkarte. Und weil ihr mir den ganzen Dreck hier eingebrockt habt, könnt ihr auch schön mein Ticket zahlen.«

Jamie und ich schauen uns an.

»Ich hab gar nicht so viel Geld«, behauptet Jamie. »Ich auch nicht«, sage ich schnell.

»Supi, wisst ihr was? Das interessiert mich nicht! Dann treibt das Geld irgendwie auf. Und bis dahin brauche ich einen Schlafplatz. Den besorgt ihr mir auch. Und wenn ich bei euch im Hobbykeller penne.«

Puh, unsere Probleme werden einfach nicht weniger. Auf die Frage, ob wir uns mal eben zur Beratung zurückziehen dürfen, bekommt Schwachkopf einen gespielten Lachanfall. »Sprecht so viel ihr wollt, aber ich bin dabei!«, sagt er und setzt sich auf den dritten, noch freien Massagesessel. Dann streckt er die Hand in Jamies Richtung, bis der ihm zögernd einen Euro rüberreicht.

»Na also, ein bisschen Kohle ist doch da«, grinst Schwachkopf und lässt sich mit einem geschlossenen und einem offenen Auge durchmassieren. Zwischendurch zeigt er mit seinem fiesen Finger erst auf das offene Auge und dann auf uns.

»Selbst wenn wir das Geld hätten – wenn der Typ zurück nach Berlin fährt, dann geht er auf Taban los. Das kann ich Taban nicht antun«, flüstert Jamie mir ins Ohr.

»Ja super, sollen wir ihn deswegen adoptieren? In unsere tolle Familie, die jeden Moment auseinanderfliegt? Uns kannst du den antun, oder was?«

»Halloho!«, flötet Schwachkopf dazwischen. »Glaubt ihr, ich bin taub?«

Ich weiß auch nicht, warum mir gerade jetzt der Glückskeks-Spruch von Prinzessin Knallerbse wieder einfällt. »Alles sein lassen.« Dabei ist dieser Moment der beste Beweis dafür, dass Nichtstun auch keine Lösung ist. Aber immerhin erinnert mich der Spruch daran, dass es Mirabelle gibt und dass sie mir angeboten hat, im Notfall für mich da zu sein.

»Ich hätte vielleicht einen Job für dich«, sage ich in Schwachkopfs Richtung. »Du müsstest dir nur etwas anderes anziehen und die Fingernägel an deiner rechten Hand schneiden.«

Schwachkopf klappt das geschlossene Auge wieder auf und runzelt die Stirn. Dann schaut er auf die fiesen Finger. Er betrachtet sie lange und von allen Seiten, so als würde er mein Angebot ernsthaft in Erwägung ziehen, wenn er nicht so an seinen Fingernägeln hinge.

»Damit spiele ich Gitarre«, sagt er. »Die sind voll wichtig!«

Und während Jamie und Big Ben über Fingernagellänge beim Gitarrenspielen diskutieren, suche ich die Telefonnummer vom Katzencafé. Dann rufe ich Mirabelle an.

»Holland ist in Not«, sage ich.

Prinzessin Knallerbse ist erst etwas verwirrt, doch dann

scheint sie sich an ihr Versprechen zu erinnern. »Easy, bist du das? Brauchst du Hilfe?«

»Wir haben hier einen Bekannten, der hat kein Ticket zurück nach Berlin. Kann er vielleicht einen Tag bei dir arbeiten und sich das Geld verdienen?«

Als Jamie und Ben mich reden hören, schauen mich beide mit großen Augen an.

»Wenn der Typ in Ordnung ist und nett zu meinen Gästen, dann kann er gerne morgen kommen.«

»Bist du in Ordnung und nett zu Cafégästen?«, frage ich Schwachkopf.

Er zieht angewidert die Oberlippe hoch. »Wer will das wissen?«

»Deine neue Chefin.«

Seltsamerweise kommt kein Protest. Im Gegenteil. Schwachkopf deutet eine kleine Verbeugung an und macht auf unterwürfig. »Küss die Hand, gnädige Frau, was kann ich für Sie tun?«, nuschelt er mit österreichischem Akzent.

»Ich kann für nichts garantieren, aber ich glaube, er gibt sich Mühe«, flüstere ich in den Hörer.

Mirabelle lacht. »Na wenn schon, ich kann wirklich morgen Hilfe gebrauchen. Ich habe mir nämlich das rechte Handgelenk verstaucht, und mit links bin ich einfach ein Tölpel. Schlimmer kann es also nicht mehr werden.«

Jamie findet die Idee, dass Schwachkopf in seinen abgerockten Klamotten in einem Katzencafé arbeitet, total cool und Schwachkopf selbst natürlich auch. Also bleibt an mir wieder die Spießerrolle kleben. Dabei ist Jamie doch derjenige, der uns dieses Problem eingebrockt hat und mir beistehen müsste.

»Du kannst auf keinen Fall so dahingehen«, erkläre ich. »Und wenn ich dir Klamotten von meinem Vater besorge.«

Das sollte eigentlich ein Witz sein. Die beiden Jungs sind allerdings schon wieder einhellig begeistert. Sie finden, wenn mir Bens Sachen nicht gefallen, muss ich auch andere besorgen. Na toll.

»Wann und wo geht's denn los?«, fragt Schwachkopf.

»Morgen um neun in der Gertrudenstraße 23.«

»Ach so!« Schwachkopf lässt die Schultern hängen. »Dann muss ich ja noch 'ne Nacht hierbleiben. Wo soll ich denn da schlafen?«

Jamie zuckt mit den Schultern. »Wo hast du denn bisher geschlafen?«

»Ich hab tagsüber im Schwimmbad gechillt. Und nachts mein letztes Geld verzockt. Aber die lassen mich nicht mehr rein. Die sind krass Kohle-fixiert. Lacoste es, was es wolle, Geld spielt keine Rolex.«

Als wir nicht weiter auf seine coolen Sprüche eingehen, versucht Schwachkopf es auf die Mitleidstour.

»Ey, habt ihr nicht irgendwo 'ne Matratze im Keller? Ich bin echt zerschossen. Und wenn ich morgen da den Oberkellner geben soll, muss ich vorher mal pennen.«

Ich schüttele den Kopf. »Kommt gar nicht infrage. Was ist, wenn Papa dich da findet?!«

»Oh, was ist, wenn Papi mich da findet?«, äfft Schwachkopf mich nach.

Und schon wieder fällt mir Jamie in den Rücken.

»Wir haben doch bestimmt einen Kellerraum. Und mein Matratzenlager in Jimmis Zimmer besteht ja aus zwei Matratzen übereinander. Davon könnte ich eine locker abgeben.«

Schwachkopf grinst.

»Macht doch, was ihr wollt!«, sage ich und lasse die beiden auf ihren blöden Massagesesseln allein. Soll Jamie doch gucken, wie er das alleine geregelt bekommt. Von seinem anfänglichen Gentleman-Getue ist echt nichts mehr übrig geblieben. Von wegen: *Es ist besser für dich, wenn du nichts von der Sache weißt. Ich will dich da nicht mit reinziehen.*

Als wir uns eine Viertelstunde später in der Eisdiele wiedertreffen, sind außer mir und Jamie alle bestens gelaunt. Papa scheint fündig geworden zu sein, obwohl er gar keine Tüten mit sich rumträgt. Wahrscheinlich hat er die Spitzenhöschen und BHs schon im Auto versteckt. Oder in seiner Jackentasche. Annette und Jimmi haben zwischenzeitlich in der Zoohandlung Babyzwergkaninchen beobachtet. Man könnte meinen, sie hätten Drogen genommen. Keinem scheint aufzufallen, dass zwischen Jamie und mir Funkstille herrscht.

»Oh, waren die putzig mit diesen kleinen Schlappohren und den winzigen Schnuppernasen«, schwärmt Annette.

Jamie tippt derweil mürrisch auf sein Handy ein. Zwei Sekunden später vibriert meines.

Danke, dass du mich mit dem Typen alleingelassen hast!

Danke, dass du ihn zu uns nach Hause eingeladen hast!, schreibe ich zurück.

Jamie antwortet sofort: *Was sollte ich denn machen? Das war immer noch die beste Lösung.*

Ich seufze und tippe zurück: *Die beste Lösung wäre, wenn du aufhörst, mich in deine blöden Sachen mit reinzuziehen.*

Jetzt schnaubt Jamie beim Tippen: *Wer wollte denn unbedingt alles wissen? Wer meinte denn, es gäbe sonst kein Vertrauen zwischen uns?*

Meine Finger überschlagen sich: *Zwischen Erzählen und Mit-Reinziehen gibt es immer noch einen Unterschied!*

Ich traue mich gar nicht zu fragen, wie Jamie Schwachkopf wieder losgeworden ist. Und ob der nachher bei uns auftaucht.

Plötzlich legt Annette Jamie und mir jedem ein Päckchen vor die Nase. »Dafür, dass ihr Stinkie Miller gestern das Leben gerettet habt«, sagt sie und zwinkert uns zu. »Jimmi hat es mit mir ausgesucht.«

In den Päckchen befinden sich echt coole Armbänder aus Leder. Freundschaftsbändchen sozusagen. Wie passend!

»Ihr müsst sie aufmachen und anziehen!«, ruft Jimmi. Und als wir nicht reagieren, schnappt er sich Jamies Bändchen und öffnet es. Der Verschluss ist ein USB-Stick, den Jimmi stolz in die Luft hält. »Da könnt ihr dann später Liebesfotos drauftun«, ruft er. »Mit Knutschi-Knutschi.« Er küsst ein paar Mal mit geschlossenen Augen in die Luft und grinst über beide Pausbacken.

Jamies Gesicht wird immer länger.

Zu allem Überfluss entdecke ich aus dem Augenwinkel auch noch Schwachkopf, der sich mit dem Rücken zu uns vor einem Schaufenster rumdrückt. Als wenn wir ihn von hinten nicht erkennen würden! Bestimmt wartet er, dass wir wieder nach Hause fahren, damit er endlich sein neues Lager in unserem Keller aufschlagen kann. Gut, dass Annette und Papa gerade mit den Freundschaftsbändchen zu tun haben. Papa bindet Jamie das Bändchen um den Arm und will dasselbe auch bei mir tun. Annette und Papa sehen mich erwartungsvoll an, und ich bringe es einfach nicht übers Herz, mich zu weigern.

»Wir finden es so toll, wie ihr beiden euch versteht«, sagt Papa. »Von eurer Gabe, auch in schwierigen Situationen ein großes Herz zu haben, könnte sich mancher Erwachsener eine Scheibe abschneiden.« Er zeigt andeutungsweise mit dem Finger auf sich und verzieht schuldbewusst den Mund.

Annette nickt. »Ihr seid echt ein bisschen unsere Vorbilder«, sagt sie. »Und es tut mir so leid, dass ihr gestern unseren Krach mitbekommen habt. Soll nicht wieder vorkommen. Aber jetzt ist wieder alles gut.«

Alles gut ... Wenn die wüsste. Zu allem Überfluss quält mich auch noch der Gedanke, dass ich kein Geburtstagsgeschenk für Annette habe. Und ich kann noch nicht mal so tun, als hätte ich nichts von dem Geburtstag gewusst. Vielleicht schenke ich ihr einen Gutschein für irgendeine Sache ganz am Ende der Ferien. Dann ist die sogenannte Familie hoffentlich längst zerrüttet, und sie wird ihn niemals einlösen können. Wie wir das mit der Zerrüttung jetzt noch schaffen sollen, ist mir allerdings nicht ganz klar.

Als wir wieder zu Hause sind, herrscht weiter Funkstille zwischen Jamie und mir. Ich bin drauf und dran, wieder bei ihm angekrochen zu kommen. Weil ich doch wissen muss, in welcher Form Schwachkopf morgen im Café erscheinen wird. Ob als tiefergelegter Pseudo-Cowboy mit abtrennbarem Kopf oder als Normalo. Ehrlich gesagt kann ich Mirabelle die erste Variante nicht zumuten. Egal wie seltsam sie selber ist, aber sie ist echt zu alt für so einen Schwachi. Am Ende bekommt sie noch einen Herzinfarkt und stirbt vor ihren gebrechlichen Katzen. Und alles nur wegen diesem gemopsten Mops.

Gerade als ich meinen Stolz überwinden und zu Jamie rübergehen will, klopft es an meiner Tür, und er schlüpft ins

Zimmer. Jamie trägt ein T-Shirt mit der Aufschrift: *Ich bin oft viel schlechter gelaunt, als ich wirke.*

Wenn der Spruch zu seiner Verfassung passen soll, dann muss er megaschlecht gelaunt sein. Denn seine Mundwinkel hängen jetzt schon fast bis zum Boden. »Also, wenn du unbedingt willst, dass Schwachkopf bei Amtsantritt einigermaßen aussieht, dann musst du mir jetzt helfen«, sagt er.

Ich nicke. »Wo ist er denn?«

»Unten im Keller habe ich eine alte, stillgelegte Sauna entdeckt. Darin hat er sich ein Häuschen gebaut. Es gibt sogar eine Dusche.«

Insgeheim bin ich schon längst alle Klamotten durchgegangen, die ich je mit Papa gekauft habe. Welche wird er am wenigsten vermissen? Und welche können den meisten Schwachsinn an Schwachkopfs Körper verdecken? Ein Rollkragenpullover wäre gut, um den Reißverschluss am Hals verschwinden zu lassen. Und die alte Jeans, die ich vor ein paar Jahren mit Papa geshoppt habe. Kurz nach der Trennung von Mama. Damals war er vor Stress so dünn wie Schwachkopf heute. Die wird er bestimmt nicht vermissen. Außerdem erinnere ich mich an ein Paar Turnschuhe, die ich Papa mal aufgedrängt habe. Ich glaube, er hat sie nur gekauft, weil er vor der Verkäuferin nicht uncool erscheinen wollte. Getragen hat er sie nie.

»Ich besorg was«, brumme ich mürrisch. Dann verzieht sich Jamie wieder in sein Zimmer.

Eine halbe Stunde später habe ich alles erbeutet inklusive Nagelschere, Handtuch, Reiseshampoo und Gästezahnbürste. Und nach einer weiteren halben Stunde Grübeln entscheide ich mich, die Sachen selber runterzubringen.

Die alte Sauna ist im hintersten Teil des Kellers, und auf dem Weg dorthin male ich mir alle möglichen Tode aus, die man in diesem Keller sterben kann. Inklusive den Hitzetod in einer verrammelten Sauna. Und das, obwohl das Ding, glaube ich, seit Jahren kaputt ist.

Als ich Schwachis »Häuschen« erreicht habe, bin ich auch ohne Sauna nass geschwitzt. Ich wage einen Blick durch das kleine Fenster in der Tür. Big Ben liegt auf der obersten Liege und schaut versonnen auf den Bildschirm seines Handys. Er sieht geradezu verliebt aus.

Als ich klopfe, zuckt er zusammen, setzt sich gerade hin und legt das Handy mit dem Display nach unten auf die Pritsche. Erst als er mein Gesicht hinter der Scheibe erkennt, nimmt er schnell wieder seine oberlässige Haltung an.

»Alter, ich muss unbedingt Gardinen hier anbringen«, ruft er und öffnet die Tür. »Wie krass, dass die Leute in so einer Sauna normalerweise nackt sind und sich dann von außen reingucken lassen.«

Ich nicke. In diesem Punkt muss ich ihm ausnahmsweise mal recht geben – das ist echt krass.

»Hier sind die Sachen von meinem Vater«, sage ich und reiche Schwachi das kleine Bündel. »Wäre schön, wenn du sie nach deinem Dienst im Café lassen könntest. Dann hole ich sie später wieder ab.«

Seltsamerweise lässt er meine Ansagen kommentarlos über sich ergehen.

Dann hellt sich sein Gesicht plötzlich auf. »Willst du mal Big Boss sehen?«, fragt er.

»Was? Hast du den Mops wiederbekommen? Hast du ihn etwa hier im Keller versteckt?«

»Keine Panik, Missi!«

Er holt sein Handy von der obersten Holzbank und zeigt mir ein Hundevideo, das mein Bild von ihm echt ins Wanken bringt. Es ist eines der süßesten Hundefilme, die ich je gesehen habe. Der kleine Mops klettert mit dauerwedelndem Ringelschwänzchen auf dem am Boden liegenden Schwachkopf herum und beschnuppert jede auch noch so seltsame Stelle seines Herrchens voller Freude – die Augenbrauenpiercings, das fettige Haar, das Reißverschlussschiffchen am Hals. Und Schwachkopf sieht dabei aus wie der glücklichste Mensch der Welt. Er ist kaum wiederzuerkennen. Ich schaue in das echte Schwachkopf-Gesicht, um diesen anderen Schwachkopf aus dem Film darin zu erkennen. Zu meiner Überraschung hat der echte nach dem Anschauen des Films Tränen in den Augen.

»Du weißt echt nicht, wo Big Boss ist, oder?«, schnieft er.

Ich schüttele halbherzig den Kopf. Hoffentlich nicht zu halbherzig.

»Aber du könntest mir das alte Handy wiedergeben, das du im Sandkasten gefunden hast«, sage ich.

Kapitel 5

Am Morgen von Annettes Geburtstag ist der Abfluss in der Dusche voller Haare. Und alle eingeschweißten Wurst- und Käsesorten sind aufgerissen, obwohl es genügend angebrochene Packungen gegeben hätte. Jamie scheint einen Einzelangriff starten zu wollen.

Als Papa in den Kühlschrank guckt, sehe ich, wie er kurz die Luft anhält. Er holt sämtliche Packungen raus und starrt sie an. Dann legt er sie allerdings brav wieder zurück, nimmt die Atmung wieder auf und verkündet, dass er uns alle zum Frühstück einlädt.

»Wohin denn?«, will Jimmi wissen.

»Überraschung!«, sagt Papa und zwinkert mir zu.

In meinem Kopf beginnt es zu rattern. Oh nein! Er meint doch nicht etwa ...

Annette, die ein blütenweißes Kleid wie aus der Waschmittelwerbung trägt, streicht Papa über den Kopf. »Das ist ja niedlich von dir«, sagt sie.

Bestimmt hat sie unter dem Kleid die neue Spitzenunterwäsche an!

Jimmi stimmt ein ziemlich schiefes »Happy birthday to you, Marmelade im Schuh ...« an, und Papa singt so gerade wie möglich dagegen an. Jamie und ich bewegen nur die Lippen.

Im Auto steuert Papa tatsächlich in Richtung Katzencafé.

»Willst du etwa ...?«

»Pssst, nichts verraten«, fährt Papa dazwischen.

»Ich glaube, die haben heute Ruhetag«, behaupte ich.

»Nein, keine Sorge, ich habe extra angerufen und einen Tisch reserviert.«

Panisch schaue ich zu Jamie und schicke ihm die frohe Botschaft auf sein Handy.

Katzencafé!

Jamie versucht mit vorgetäuschten Bauchschmerzen das Ruder noch mal rumzureißen. Aber Papa lässt sich nicht beirren.

»Wahrscheinlich hast du zu viele Wurstsorten durcheinander gegessen«, kontert er.

Als wir angekommen sind, springe ich aus dem Auto und renne schon mal vor. Vielleicht kann Big Ben ja in die Küche verfrachtet werden, solange wir da sind.

Im Café ist es ziemlich voll. Mirabelle steht hinter der Theke und schneidet mit der linken Hand krumme Kuchenstücke, die Big Ben auf einem Silbertablett durch die Gegend transportiert. Sie sieht mich gar nicht, und er ist kaum wiederzuerkennen. Eigentlich erkenne ich ihn nur an Papas Klamotten. Ohne Mirabelle zu begrüßen, stürze ich auf ihn zu und ziehe ihn samt Kuchentablett hinter die nächste Tür, die ich entdecken kann. Zu allem Überfluss handelt es sich dabei um die Damentoilette.

»Hast du Töne?!«, höre ich eine Omi rufen. »Dieses junge Ding hat unseren Kellner entführt. Inklusive Torte.«

»Hey, bist du irre?!« Big Ben starrt mich an, als wäre ich tatsächlich geistesgestört.

»Glaub mir, ich mache das nicht zum Spaß!«, keuche ich. »Mein Vater ist im Anmarsch. Mit seiner Freundin und den beiden Jungs. Er darf dich auf keinen Fall hier sehen. Und schon gar nicht in seinen Klamotten.«

Ben wirkt vollkommen unbeeindruckt von meiner Rede. Mit Papas Klamotten, den gewaschenen Haaren und den verschwundenen Tätowierungen sieht er geradezu harmlos aus.

»Hey, Missi, ich kann mich schlecht in Luft auflösen. Die Chefin ist in zwei Minuten weg. Dann bin ich alleine hier in dem Laden. Sie hat gesagt, sie muss mal kurz abtauchen.«

»Abtauchen? Was soll das denn jetzt heißen? Wo will sie denn hin?«

»Keine Ahnung. Auch Mumien haben so ihre Geheimnisse.« Big Ben grinst und tippt mit Papas Turnschuhen gegen meine Ballerinas.

»Entspann dich einfach. Wenn du willst, kann ich deine Alten wegignorieren. Nix servieren, sondern abservieren, ha ha! Aber ernsthaft. Du machst eine Sammelbestellung an der Theke. Für dein ganzes Team. Dann machen wir Selfservice, und du holst das Zeug selber ab.«

»Und was ist, wenn Papa an die Theke kommt? Und du stehst da und schneidest Kuchen? Wie willst du ihn dann noch ignorieren?«

»Null Problem, ich kann jemanden so ignorieren, dass er an seiner eigenen Existenz zweifelt. Oder ich mach ihn mit dem Kuchenmesser kalt.«

»Sehr witzig!«

Aber Big Ben hat recht, das mit dem Selfservice ist eine gute Idee.

Er balanciert sein Tablett wieder in Richtung Tür.

»Bitte vermassele das nicht«, rufe ich ihm flehend hinterher. Dann mischen wir uns unter die Leute.

Meine »Noch-Familie« hat sich in der Zwischenzeit an einen Tisch gesetzt, und Mirabelle ist tatsächlich verschwunden. Ich behaupte, dass ich ganz dringend zur Toilette musste. Und dass ich bereits erfahren hätte, dass heute Selbstbedienungstag ist.

»Weil Annette Geburtstag hat, übernehme ich heute für euch den Service. Was darf's denn sein?«, frage ich eifrig.

Natürlich wollen alle erst mal an der Theke die Kuchenauswahl begutachten. Und zwar einzeln und hintereinander. Das Seltsame ist: Obwohl jeder beim Zurückkommen irgendeine Bemerkung über den jungen Aushilfskellner macht, hat ihn keiner erkannt. Erst als Annette zu Papa sagt: »Guck mal, Schatz, diese Turnschuhe, die der Kellner da anhat, die hast du doch auch«, gerät die Situation außer Kontrolle. »Die solltest du mal tragen, sehen doch echt flott aus.«

»Habt ihr diese dicke Perserkatze dahinten gesehen. Ich glaube, sie hat gerade auf den Sessel gepinkelt«, versucht Jamie ziemlich drastisch das Thema zu wechseln. Jimmi springt voll darauf an. Er läuft in die andere Ecke des Cafés, schnüffelt an Katze und Kissen und fasst schließlich mit dem Zeigefinger unter ihren Hintern.

»Nein, sie hat gar nicht Pipi gemacht!«, ruft er zu uns rüber.

Papa hingegen starrt immer noch auf die Füße von Big Ben. »Der Typ hat original meine Schuhe an. Und seltsamerweise auch meine Hose und meinen Pullover«, murmelt er. »Das sind drei extreme Zufälle auf einmal. Statistisch gesehen eigentlich unmöglich.«

Jetzt gucken natürlich auch die anderen auf den statistisch unmöglichen Kellner.

»Der sieht aus wie der tätowierte Mann in diesem Fleisch-Restaurant«, ruft Jimmi. »Nur mit ohne den Tätowierungen.«

Ich halte die Luft an und zähle im Geiste von eins bis zehn. Bis dahin wird die Bombe mit Sicherheit geplatzt sein. Jamie scheint da anders zu denken. Jedenfalls führt er einen ganz schönen Zirkus auf, um endgültig von Big Ben abzulenken. Er täuscht einen schlimmen Schluckauf vor und behauptet, er wolle zur Feier des Tages ein Lied singen. Dann stellt er sich hicksend vor Annette und Papa und singt: »Wie schön, dass du geboren bist.«

»Jamie!«, zischt Annette. »Hör auf damit! Wovon willst du uns ablenken? Glaubst du, wir sind blöd?«

Jamie singt einfach weiter, während Papa und Annette aufstehen und entschlossen wie ein Polizisten-Pärchen in Richtung Theke marschieren. Diesmal bleiben sie nicht brav vor der Auslage stehen, sondern sie gehen schnurstracks hinter den Ladentisch und knöpfen sich den verkleideten Schwachkopf vor. Papa zieht seinen Rollkragen ein Stückchen nach unten und legt den Reißverschluss am Hals frei. Dann greift er ihm ins tätowierte Genick, als wolle er ihn abführen. Klar lässt Big Ben sich das keine Sekunde lang gefallen. Er reißt sich los und schubst Papa in Richtung Kuchentheke, sodass die vielen Sahnehäubchen bedenklich zittern. Annette kann gerade noch verhindern, dass die beiden aufeinander einprügeln. Dafür schreien sie wie die Brüllaffen.

»Was willst du von uns? Wo hast du meine Klamotten her? Was hast du vor?«, hört man von Papas Seite, während Big Ben tatsächlich die Wahrheit raushaut.

»Entspann dich, du Otto. Ich brauchte die Sachen nur für den Job. Deine Easy-Peasy-Tochter meinte, die Hose passt dir sowieso nicht mehr, Fetti.«

Papa schaut mit offenem Mund zwischen Big Ben und mir hin und her. Inzwischen haben auch alle anderen Gäste im Café ihre Gespräche eingestellt und verfolgen unser Familiendrama.

»Alter, seien wir ehrlich, die Schuhe sind viel zu cool für dich. Guck dir deine Schläppchen doch mal an!« Er zeigt auf Papas teure Slipper, die tatsächlich grenzwertig sind. »Voll die Wildleder-Tussen-Treter.«

Papa rutscht sämtliche Farbe aus dem Gesicht. Er will zum Schlag ausholen, doch zwei Männer, die sich von hinten angepirscht haben, halten ihn im letzten Moment davon ab. Auch auf Big Bens Seite stehen zwei Typen einsatzbereit.

»Meine Herren, die Polizei ist bereits informiert«, ruft die Omi, die schon meine Entführung auf die Damentoilette kommentiert hatte.

Papa sieht wild entschlossen aus, den Besuch der Polizei abzuwarten und den Diebstahl seiner zu engen und zu coolen Klamotten aufzuklären. Aber Annette scheint auf Abzug zu drängen. Sie redet auf Papa ein und zieht ihn dann zurück an unseren Tisch.

»Lasst uns abhauen«, zischt sie uns zu. Dann schiebt sie meinen immer noch unter Schock stehenden Vater zum Auto und drängt ihn auf den Beifahrersitz. Obwohl es eigentlich sein Wagen ist. Aber vielleicht ist es wirklich besser, wenn Annette heute das Steuer in der Hand hat.

»Ich möchte meinen Geburtstag nicht auf der Polizeiwache verbringen«, sagt sie und fährt los. Dann sollen wir »endlich, endlich« alles erklären.

Als die Sache raus ist, prasselt ein Donnerwetter auf uns ein. Nicht etwa, weil Jamie mit Taban einen Hund gestohlen hat. Das scheinen Papa und Annette irgendwie nebensächlich zu finden. Dafür finden sie es so richtig unverzeihlich, dass wir uns mit einem wie Big Ben »eingelassen« haben. Und dass wir sie nicht »eingeweiht« haben, damit sie hätten »einschreiten« können.

»Gibt es eigentlich auch zweilassen, zweiweihen und zweischreiten?«, will Jimmi wissen. Er kassiert dafür von Papa ein »Du hältst jetzt mal die Klappe«, was Annette wiederum mit »Du hast meinen Sohn nicht anzuschnauzen« kommentiert.

Papas Ader am Hals tritt wieder hervor. Sie ist dick und runzelig wie ein Hühnerbein. Doch statt gegen Annette zurückzuschießen, geht die Explosion in meine Richtung los.

»Isabell«, tönt Papa und dreht sich zu mir um. »Dass du mich so hintergehst, hätte ich nie gedacht. Statt zu deinem Vater stehst du zu einem tätowierten Voll-Proll. Du siehst seelenruhig zu, wie der Typ mich angreift, und schenkst ihm später noch Klamotten, die du aus meinem Schrank gestohlen hast. Und das alles nur, um Jamie zu decken. Dabei hast du mich am Bahnhof noch angefleht, die blöde neue Familie samt Jamie in den Wind zu schießen!«

Das sitzt. Einen Moment ist es totenstill im Auto. Man hört nur den Motor schnurren und von Weitem eine Polizeisirene heulen.

Annette fährt den Wagen rechts ran und schnauft. Dann dreht sie sich zu mir um und hält ebenfalls eine Rede. »Easy, das klang schrecklich. Und glaub mir, dein Vater hat es nicht so gemeint. Er hat einfach nur Angst um dich. Und er hat auch Angst um sich, weil du dein eigenes Ding machst und dich von ihm abnabelst. Aber das ist ganz normal. Und es wird ihm sicher noch leidtun.«

Ich halte die Luft an. Ein bisschen fühle ich mich wie vor Gericht. Nur komisch, dass mein Vater der Kläger ist, während Annette mich verteidigt. Ich bin total durcheinander. Auch die anderen im Auto scheinen mit inneren Aufräumarbeiten beschäftigt zu sein. Jeder starrt vor sich hin, während Annette den Motor wieder startet und uns zu einem anderen Café fährt. Wir frühstücken mehr oder weniger schweigend vor uns hin. Einmal fange ich einen Blick von Papa auf. Aber ich kann nicht sagen, ob er feindselig oder entschuldigend sein soll. Kenne ich meinen Vater überhaupt? Habe ich ihn je gekannt? Oder hat er mir immer nur eine heile Easy-Papa-Welt vorgespielt?

Nach dem Frühstück wünscht sich Annette einen Besuch im Völkerkundemuseum. Wir schleppen uns wie eine Horde räudiger Hunde durch die dunklen Räume, in denen Masken mit zotteligen Strohbärten oder Buddhas mit unheimlichem Dauergrinsen angeleuchtet werden. Ab und zu flackern kleine Einzelstreits zwischen uns auf, während wir immer tiefer in die Welten fremder Völker und untergegangener Kulturen vordringen. Vor einem Holzpferd mit Hängebusen höre ich, wie Jamie flüsternd auf Annette losgeht.

»Du machst immer auf megaverständnisvoll. Aber in Wirklichkeit willst du einfach nur alles wissen. Du willst, dass wir dir alles verraten, damit du uns besser kontrollieren kannst. Das Spielchen kannst du vielleicht mit Jimmi durchziehen. Oder meinetwegen auch mit Easys Vater, diesem Spacko. Aber nicht mit mir!«

»Hey, pass auf, was du sagst«, zischt ihn Annette an.

»Ist doch wahr. Check doch mal lieber dein eigenes Leben!«

Jimmi, der ebenfalls heimlich mitgehört hat, nimmt meine Hand und zieht mich in einen Raum voller Giftpfeile und anderer böser Schnitzereien.

»Wir müssen zusammenhalten«, sagt er. »Heute sind alle voll blöd.«

Ich nicke. Und irgendwie bin ich froh, mich an seiner kleinen klebrigen Tatze festhalten zu können. Dabei kreisen meine Gedanken weiter um Papa.

Ich denke an seine Pille-Palle-Schwächen, die ich als Hausaufgaben für Jamie aufgelistet habe. Die Abneigung gegen Haare im Abfluss und so. Habe ich wirklich geglaubt, das wären die fetten wunden Punkte meines Vaters? Aber was sind denn seine richtigen Schwächen? Sein unnötiger Ausraster heute? Warum war ich so schockiert? Weil ich ihn so noch nicht kannte?

Seine Megaschwäche wird mir jetzt klar: Er ist ein Feigling! Er schlägt nicht seinen Gegner zurück, sondern er schnauzt Schwächere an. So wie Jimmi und mich im Auto. Klar war Papa wirklich sauer auf mich. Aber er war mindestens genauso sauer auf Annette. Immerhin hatte die ihn vorher voll angemacht, weil er Jimmi angeblafft hatte. Aber Annette Kontra zu geben, das traut er sich nicht. Und ich kriege es dann doppelt ab. Wie armselig ist das denn? Das ist ja schlimmer als Big Ben, der die kleinen Schulhofkinder tyrannisiert.

Aber am allerschlimmsten ist: Ich habe die Feigheit von Papa geerbt. Nie könnte ich so ehrlich mit ihm reden wie Jamie gerade mit Annette. Nie könnte ich ihm sagen, dass ich seine Wüstenblume massakriert habe. Und auch bei der ganzen Schwachkopf-Geschichte habe ich nur mitgespielt, weil ich mich nicht getraut habe, Jamie die Meinung zu sagen – so wie es meinem ehrlichen Gefühl entsprochen hätte. Auf gewisse Weise hatte Papa mit seinem Vertrauensbruch-Vorwurf sogar recht. Ich habe meinen Vater verraten, weil ich zu feige war, mich gegen Jamie durchzusetzen. Und das alles, obwohl ich Jamie ja eigentlich loswerden will. Ich wollte ihm doch nur helfen, damit er mir hilft, ihn wieder loszuwerden. Mir wird ganz schwindelig, und ich muss mich an Jimmis Hand festhalten wie an einem kleinen, verklebten Rettungsanker.

Normalerweise würde ich jetzt versuchen, ganz viel Gras über alles wachsen zu lassen. Und in der Zwischenzeit ewig über alles nachdenken und schlechte Laune haben. Und hoffen, dass die von selbst weggeht, irgendwann. Aber heute ist kein normaler Tag. Und dies ist auch kein normaler Ort. Die vielen Speerspitzen um mich herum sind schwarz und sehen nicht gerade nagelneu aus. Wer weiß, in wie vielen Tieren oder gar Menschen sie schon gesteckt haben. Oder welche schon ein Herz durchbohrt haben. Ein bisschen fühle ich mich so, als würde eine von ihnen auch in meiner Brust stecken. Und als würde »Gras drüber wachsen lassen« in diesem Fall nicht reichen. Ich muss das Ding rausziehen.

Darum lasse ich Jimmis kleine Rettungshand wieder los und übergebe sie an Jamie. Dann gehe ich auf die Suche nach Papa, den ich vor einer riesigen, multimedialen Weltkarte finde. Er ist allein, und er starrt in Richtung Karibik. Dahin, wo Mama mit dem neuen Manfred sicher gerade auf einer Doppelluftmatratze auf dem Meer herumtreibt.

»Tut mir leid, was ich vorhin im Auto gesagt hab«, brummt er. »Ich bin einfach kein guter Vater.«

»Es geht nicht darum, ein guter Vater zu sein, sondern darum, ein cooler Vater zu sein«, sage ich. »Ein richtig cooler und nicht nur so gespielt cool mit ein paar Jugend-Ausdrücken. Das ist peinlich.«

Papa schaut mich fragend an.

»Na ja, erst hast du das mit Mama vergeigt. Und jetzt bist du voll uncool wegen Annette. Nicht nur mir gegenüber, sondern auch ihr gegenüber. Kein bisschen souverän. Und reinfühlen kannst du dich auch in keine von uns. Alles dreht sich immer nur um dich. Am Ende wunderst du dich, dass alles schiefgeht, und machst blöde Sachen oder bist beleidigt. Statt mal eine coole Aktion zu bringen, kaufst du Annette vor allen Augen so eklige Unterwäsche-Fummel. Glaubst du ernsthaft, ich bemerke das alles nicht?«

Papa macht die Augen zu und lässt die Schultern hängen. Es sieht so aus, als hätte jemand ein bisschen Luft aus ihm rausgelassen.

»Glaubst du etwa, mir macht es Spaß, es immer allen recht machen zu müssen?«, sagt er mit geschlossenen Augen. »Immer drüber nachzudenken, wer was gerade braucht? Ihr seid alle so kompliziert, dass ich mich manchmal in ein Kloster wünsche. Klar weiß ich, dass es eine Umstellung für dich ist, wenn ich eine neue Freundin habe. Aber soll ich deswegen den Rest des Jahres alleine zu Hause hocken und darauf warten, dass ich ein paar Tage Ferien mit dir verbringen darf? Du wirst immer größer. Noch zwei, drei Jahre, und du hast ohnehin keine Lust mehr, mit deinem Vater etwas zu unternehmen.«

Papa stöhnt, und ich merke, wie mir die Tränen in die Augen steigen.

»Aber die zwei, drei Jahre, die hättest du mir doch noch lassen können«, ist der letzte Satz, den ich noch rausbringe.

Papa schaut mich mit großen traurigen Augen an.

»Ach Filly«, sagt er. So hat er mich schon seit Jahren nicht mehr genannt. Seit der Kindergartenzeit, als ich verrückt nach kleinen rosa Filly-Pferden war. »Ich wusste nicht, dass das Alleinsein mit mir so wichtig für dich ist. Ich dachte, so eine lustige neue Familie macht viel mehr Spaß. Und ich dachte, es ist eine Investition in die Zukunft. Denn auf Dauer willst du doch auch lieber ein belebtes neues Zuhause als einen einsamen und verbitterten Vater, oder?«

Auf Dauer hätte ich gewollt, dass er wieder mit Mama zusammenkommt. Aber die Würgeschlange um meinen Hals ist wieder da und drückt gnadenlos zu. Ich bekomme keinen

Piepston mehr raus. Jetzt starre ich auf die Karibik an der Wand. Papa legt einen Arm um mich. »Komm, lass uns zu den anderen gehen. Es ist immerhin Annettes Geburtstag. Und du hast recht, den habe ich schon ganz schön vergeigt.«

War ja klar, dass er beim Thema Wiedergutmachung zuerst an Annette denkt – und nicht an mich. Als ich mich nur widerwillig in Bewegung setze, bleibt Papa noch mal stehen und nimmt mich in den Arm. Ich rieche den leckeren Papa-Geruch, der mich auch im Sommer ein bisschen an Weihnachten erinnert. Wahrscheinlich, weil sein Rasierwasser so holzig und rauchig ist.

»Hör zu, in den nächsten Tagen machen wir beide mal einen Ausflug, einverstanden? Nur wir zwei. Und dann holen wir alles nach.«

»Ein ganzes Halbjahr an nur einem Tag? Das schaffen wir doch sonst kaum in sechs Wochen«, brumme ich trotz Kloß im Hals.

Papa lacht. »Okay, das ist eine echte Herausforderung. Aber ich habe das Gefühl, wir könnten es schaffen.«

Als wir wieder zu Hause sind, entdecke ich einen Anruf auf meiner Mailbox. Er ist von Prinzessin Knallerbse.

»Hallo Easy, Schätzchen, ich wollte mich noch mal für diesen neuen Aushilfskellner bedanken. Der hat mir heute das Leben gerettet. Ich musste nämlich ganz schnell mit einer Katze zum Tierarzt. Sie hatte doch tatsächlich drei weiße Mäuse gefressen. Also diese aus Schaumzucker. Ein Cafégast hatte sie ihr ge-

schenkt. So was aber auch! Jedenfalls hat Ben den Laden drei Stunden ganz alleine geschmissen. Es war nur einmal die Polizei da, weil angeblich ein Familienvater randalieren wollte. Heutzutage kann man wirklich vor niemandem mehr sicher sein. Aber diese Familie ist noch vor dem Eintreffen der Polizisten geflohen.

Na ja, also, ich habe den jungen Mann gefragt, ob er noch ein paar Tage länger bleiben kann. Er könnte sogar hinten im Café übernachten. Da ist eine Art Gästezimmer. Was soll ich sagen, er hatte eine Bedingung. Die jungen Leute heutzutage wollen ja überall noch irgendetwas herausschlagen. Jedenfalls hatte diese Bedingung mit dir zu tun. Ben würde noch bleiben, wenn du ihm einen gewissen Mops wiederbeschaffen könntest. Was auch immer er damit meint. Also, wenn das eine übertriebene oder gar seltsame Forderung ist, und es hört sich ganz danach an, dann werde ich natürlich nicht darauf eingehen, sondern ihn auf der Stelle nach Hause schicken. Vielleicht rufst du mich mal an, Herzchen. Ich hoffe, es geht dir wieder besser mit deinem feschen Vater.«

Auch das noch! Als hätte dieser Tag nicht schon genug von mir gefordert. Mein Kopfschütteln auf Bens Frage nach meinen Mops-Kenntnissen war wohl doch zu halbherzig. Vielleicht ist es einfach an der Zeit, dass der Hund zu ihm zurückkommt – und ich sollte ihm dabei helfen. Das Video auf seinem Handy spricht jedenfalls dafür. Und das Steinzeithandy von Taban hat er mir ohne Murren zurückgegeben. Bestimmt in der Hoffnung, ich könnte damit mehr erreichen als er. Wahrscheinlich ist die Nummer von Tabans Tante darin gespeichert. Ich könnte sie anrufen und ihr alles erklären. Vielleicht hätte sie ja

Verständnis. Aber wie soll ich Jamie davon überzeugen? Zwischen uns herrscht immer noch Funkstille.

Ich versuche das zu klären mit dem Mops, schreibe ich Mirabelle. *Aber versprechen kann ich nix.*

Sekunden später kommt schon die Antwort.

Danke dir. Ben bleibt auf jeden Fall noch diese Nacht. Und dann sehen wir weiter. Die Katzen sind auch schon ganz verrückt nach ihm und drücken sich ständig an seinen Beinen rum, diese aufdringlichen alten Damen.

Abends fragt mich Papa, ob er mit Annette noch zwei Stündchen vor die Tür gehen *darf.* Jimmi soll mit einer DVD *ruhiggestellt* werden, sagt Papa, damit wir ihn nicht bespaßen müssen. Annette hat ihm *Ronja Räubertochter* besorgt.

»Der ist ab sechs!«, protzt Jimmi.

Als die beiden weg sind, hätten Jamie und ich endlich mal Zeit, uns in Ruhe zu besprechen. Jimmi sitzt mit einer Packung Reiswaffeln wie gebannt vor dem Fernseher. Neben sich hat er den Käfig von Stinkie Miller gestellt. Der Hamster hat für den Fernsehabend auch frisches Knabberzeug im Napf. Der Arme kommt aber kaum zum Fressen, weil Jimmi ständig an ihm rumstreichelt und auf ihn einredet. Hört sich an, als wolle er ihm den ganzen Film erklären. Ich gehe auf die Suche nach Jamie, den ich weder in der Küche noch in seinem Zimmer finde. Dafür höre ich Wasserrauschen aus dem Bad. Na toll, er lässt sich gemütlich eine Wanne einlaufen. An einer weiteren Zusammenarbeit scheint er nicht interessiert zu sein.

Zurück in meinem Zimmer, rufe ich Mirabelle an, die immer noch mit Big Ben im Café ist und die Aufräumarbeiten bewacht.

»Sauberkeit ist glaube ich nicht so sein Thema«, flüstert sie. »Aber aufhören will er auch nicht. Er wird ja nach Stunden bezahlt. Und er darf alten Kuchen essen, so viel er will. Der Junge ist ja so ausgehungert.«

Dann will sie wissen, was es mit diesem »ominösen« Mops auf sich hat.

Ich muss zum ersten Mal an diesem Tag lachen.

»Ominös ist aber ein echtes Omi-Wort«, sage ich und denke an Jimmis Pferdebrücken. Weil die Mopsgeschichte ja inzwischen sowieso aufgeflogen ist, erzähle ich Prinzessin Knallerbse die ganze Wahrheit. Erst jetzt fällt mir auf, dass die Geschichte echt komisch ist. Je mehr Mirabelle kichert, desto mehr absurde Einzelheiten fallen mir ein.

»Ich kann nicht glauben, dass du diesen Jungen wie ein Püppchen neu angezogen hast, um ihn dann mir aufs Auge zu drücken!«, flüstert sie glucksend. »Und wie absurd, dass ich ihn trotzdem noch gerne behalten würde.«

»Sei mir nicht böse, du warst meine allerletzte Rettung«, sage ich.

Die Knallerbse macht eine kleine Pause, so als müsse sie sich das mit dem Bösesein überlegen. Dann sagt sie: »Du könntest es ganz einfach wiedergutmachen. Indem du diesen Mops besorgst und ich diesen sogenannten Schwachkopf noch behalten darf.«

Jetzt mache ich eine Pause. »Wie soll ich das denn anstellen? Jamie wird es bestimmt nicht wollen. Und diese Taban-Tante wahrscheinlich auch nicht. Außerdem ist der Mops in Berlin …«

»Wer einen tätowierten Amokläufer innerhalb eines Tages in einen schicken Café-Kellner verwandeln kann, der wird doch auch einen stinknormalen Mops beschaffen können«, findet Mirabelle. Und außerdem ist sie der Meinung, dass einer, der so manierlich mit Torten und Gästen umgehen kann, bestimmt auch mopstauglich ist. Wenn nicht gar mopswürdig! Ich verspreche ihr, mein Bestes zu geben.

Nachdem ich aufgelegt habe, suche ich auf Tabans Handy das Adressbuch durch. Natürlich gibt es keinen Eintrag unter »Tante«. Ohnehin finde ich kaum normale Namen. Es wimmelt nur so vor miesen Charakteren. *Arschgeige, Flachpfeife, Passivwurst, Vollfisch oder Karl Arsch.* Seltsam, dass einer die Nummern von so vielen Idioten gespeichert hat. Oder andersrum, dass er so eine schlechte Meinung von seinen Freunden und Bekannten hat. Es gibt allerdings auch positive Charaktere. *Hello Kitty, Supa-Top-Checker-Bunny und Hilfs-Checker-Bunny* zum Beispiel.

Ich versuche es bei dem Namen, der mir für meine Belange am geeignetsten für eine Tante vorkommt: *Üben üben üben.* Übungshalber rufe ich einfach mal an.

»Hey Tabasco, was geht?«, meldet sich eine männliche Stimme am anderen Ende. »Du weißt, dass du mir noch zehn Euro schuldest.«

»Ja klar, weiß ich, kriegst du«, sage ich hustend, damit *Üben üben üben* meine Taban-untypische Stimme auf eine Erkältung schieben kann.

»Was ist, Alter, bist du krank?«

Ich huste gnadenlos weiter. »Ja, bin ich. Meine Tante, die mit dem Mops, du weißt schon, *hust-hust*, die soll eigentlich mit mir zum Arzt gehen. Aber sie kommt nicht, und ich hab ihre Nummer nicht. Hast du sie vielleicht? *Hust-hust* ...«

»Machst du Witze? Welche Tante, welcher Mops? Was ist das für ein krasser Code, Alter? Ich komm mal schnell rüber zu dir und hol mir meine Kohle ab.«

Ich brauche einen ziemlich langen Hustenanfall, um mir eine Antwort auf diese schlechte Idee auszudenken. Schließlich sage ich einfach nur: »Nee, vergiss es, ich bin gar nicht zu Hause, also, bis bald mal!«, und lege auf.

Blöd gelaufen. Aber immerhin könnte ich auf die Art noch ein paar andere Leute anrufen. Irgendjemand wird ja wohl die Nummer der Tante besitzen. Tatsächlich, beim fünften Anruf bekomme ich sie. Es meldet sich eine gewisse Easy, was mich erst so verwirrt, dass ich gar nicht mehr aufhöre zu husten. Diese andere Easy war unter dem Namen *Isnogud* eingespeichert. Aber der Vorab-Dauerhusten ist gar nicht so schlecht, weil dadurch die andere Easy erst mal gezwungen ist zu reden.

»Taban, alles klar mit dir?«

»*Hust, röchel* ...«

»Tabaaan, kannst du auch mal was sagen? Oder hast du einen Handytarif, der nach einzelnen Worten abrechnet?«

Zwischen zwei Hustern keuche ich einfach nur das Wort »Tante«.

»Welche Tante? Tante Susi? Die mit dem Mops?«

»Ja, finde die Nummer nicht. Die sollte längst hier sein.«

»Oh Mann, Taban, warum rufst du denn da mich an? Warum rufst du nicht bei deinen Eltern an oder deinem Bruder?«

Unpassende Fragen wie diese huste ich einfach weg, bis mir die andere Easy tatsächlich die Nummer der Tante geben möchte.

»Leg auf, ich schicke dir den Kontakt aufs Handy«, sagt sie und klingt tatsächlich beunruhigt.

»Danke«, keuche ich und lege auf.

Das Leben als Trickbetrüger kann ganz schön aufregend sein. Noch schöner wäre es allerdings zu zweit. Dann könnte man seine Erfolge gemeinsam genießen. Aber Jamie muss sich ja im Bad einschließen. Und eigentlich bin ich ja auch noch etwas sauer auf ihn. Die Schwachkopf-Story hat zwar ein halbwegs gutes Ende genommen. Aber blöd hat sich Jamie in der Sache trotzdem verhalten. Grund genug, dass ich jetzt mein eigenes krummes Ding durchziehe.

Bevor ich bei Tante Susi anrufe, gehe ich trotzdem mal nach ihm schauen. Er sitzt inzwischen gemeinsam mit Jimmi vor dem Fernseher, und ich kann gar nicht sagen, wer von den beiden sich mehr an den anderen rankuschelt. Stinkie Miller kann jedenfalls endlich in Ruhe die neue Möhre abnagen. Keiner von den dreien würdigt mich eines Blickes. Okay, dann halt nicht. Ich gehe zurück ins Zimmer und wähle die Nummer von dieser Tante Susi. Sie scheint Taban nicht eingespeichert zu haben. Jedenfalls sagt eine ziemlich kratzige und ziemlich genervt klingende Stimme: »Ja, hallo, Susanne Stichling am Apparat.«

»Hallo, hier ist Easy«, sage ich und spare mir vorsichtshalber meinen Nachnamen. »Sie kennen mich nicht, aber ich bin die neue Beinahe-Schwester von Tabans Freund Jamie.«

»Aha«, sagt Susanne Stichling. Einfach nur »Aha«.

»Es ist so, Taban hatte Ihnen doch einen Mops geschenkt,

der angeblich einem Allergiker gehört hat. Einem, der den Hund ganz schnell loswerden wollte.«

Tante Susi antwortet nicht. Stattdessen höre ich mein Herz bis zu den Ohren klopfen.

»Das war leider gelogen«, erkläre ich. »Taban hatte mit Jamie den Hund geklaut. Aber nur, weil er dachte, dass der kleine Mops einen schlimmen Besitzer hat. Einen herrischen Blödmann, der gemein zu dem Hund ist. Sie wissen vielleicht, dass Taban und Jamie gegen alle Herrscher dieser Welt vorgehen wollen.«

Wieder Schweigen.

»Jetzt hat sich aber gezeigt, dass der Besitzer gar nicht so schlimm ist. Im Gegenteil, er scheint völlig okay zu sein, obwohl er üble Tätowierungen hat. Und er würde alles tun, um seinen Mops, der übrigens Big Boss heißt, so viel zum Thema Herrscher, also er würde sich ein Bein ausreißen, um seinen Big Boss wieder zurückzubekommen.«

»Aha.«

Irgendwie scheint Tabans Tante nicht zu checken, dass die Sache mit ihr zu tun hat. Es hilft nichts, ich muss direkter werden.

»Könnten Sie sich vorstellen, den Hund wieder zurückzugeben?«

Nachdem sie ewig lange nachgedacht hat, behauptet Susanne Stichling, über den Fall nachdenken zu müssen. Dann legt sie einfach auf.

Zwei Sekunden später klingelt das Steinzeithandy. *Hello Kitty* ruft an.

Obwohl mein Herz inzwischen bis zum Scheitel klopft, gehe ich dran.

»Taban!?«, brüllt Susanne Stichling in den Hörer. »Stimmt das, dass du den Mops gestohlen hast?«

Kurz bin ich versucht, noch mal meine Taban-Hustennummer durchzuziehen. Und zu röcheln, dass alles stimmt und sie den Hund besser zurückgeben sollte. Aber im letzten Moment fällt mir ein, welche Verwicklungen das nach sich ziehen würde.

»Oh nein, ich bin es noch mal, Easy. Ich hatte wohl vergessen zu sagen, dass ich von Tabans Handy anrufe. Ist eine komplizierte Geschichte.«

Schon wieder Schweigen am anderen Ende. Und schon wieder legt sie einfach auf.

Um mich zu beruhigen, schalte ich die Gilmore-Girls an. Doch es dauert nicht lange, dann höre ich Jamie aus dem Wohnzimmer ein lang gezogenes »Waaas?« rufen. »Ey, ich schwöre, ich habe nichts damit zu tun! Ich dachte, dein Handy wäre immer noch bei diesem Schwachmat. Aber wie es aussieht, hat meine neue Halbschwester damit ihr Unwesen getrieben. Na warte!«

Ich brauche nicht besonders lange zu warten, da steht Jamie mit hochrotem Kopf in meinem Zimmer. Er trägt ironischerweise wieder sein *Zwist ist Mist*-Shirt.

»Sag mal, spinnst du? Hast du sie noch alle, einfach bei Tabans Tante anzurufen?«

Ich fahre langsam mit dem Finger in der Luft die Buchstaben auf seinem T-Shirt nach und bewege meine Lippen dazu.

»Was soll das? Willst du mich jetzt auch noch verarschen? Mir ist nicht nach Pantomime.«

Dann entdecke ich Jimmis große Augen, die hinter dem

Türrahmen hervorlugen, und lege die Finger auf die Lippen. »Pssst, Jimmi hört mit.«

Obwohl mir beim Tanten-Telefonat vor Aufregung das Herz bis zu den Ohren geklopft hat, bin ich jetzt seltsam ruhig. Fast fühle ich mich erleichtert, dass das erwartete Donnerwetter endlich losgeht. Damit ich es hinter mir habe. Damit ich seine Ausmaße abschätzen kann. Und ein kleines bisschen auch, damit Jamie und ich wieder in Kontakt kommen. Immerhin hat er mich gerade Taban gegenüber Halbschwester genannt. Auch wenn es wohl ironisch gemeint war.

Ich gestehe, dass mein Alleingang blöd war. Aber auch nicht blöder als seine Solo-Entscheidung, Big Ben in unserem Haus unterzubringen.

»Und übrigens, wir sollten ihn nicht mehr Schwachkopf nennen. Das ist Dissen auf unterstem Niveau. Nur weil Taban ihn in seinem Handy so nennt. Wusstest du, dass der da für jeden so einen bescheuerten Namen hat? Vielleicht fühlt er sich ja besser, wenn alle anderen Idioten sind.«

»Interessant, dass du plötzlich so viel Verständnis für den Schwachkopf, äh, ich meine natürlich den lieben Ben hast«, sagt Jamie und zieht die Oberlippe an einer Seite verächtlich hoch. »Und dass plötzlich Taban der Doofe ist. Dabei kennst du ihn noch nicht mal.«

Irgendwie tut es gut, alles auszusprechen. Auch wenn Jimmis Augen hinter dem Türrahmen immer größer werden. Als er zurück zu Ronja Räubertochter geht, sind Jamie und ich halbwegs wieder ein Team geworden. Jedenfalls was unsere eigentliche Mission angeht: die große Trennung.

»Wir brauchen einen Super-GAU«, sagt Jamie. »Und ich habe auch schon eine Idee.«

Mir ist eigentlich gar nicht nach Super-GAU zumute. Ich könnte eher eine Verschnaufpause gebrauchen. Aber er hat recht. Bisher haben wir allerhöchstens Vorarbeit geleistet. Die Nerven ein bisschen angeschmirgelt. Damit sie durchbrennen, muss jetzt der Knaller kommen. Und wenn wir weiter warten, war auch die Vorarbeit umsonst, und wir können ganz von vorne anfangen.

»Ich hatte an eine weitere Aktion mit der liebesfimmeligen Mama von Mon Amour gedacht«, sagt Jamie. »Das hat bisher für den größten Ärger gesorgt.« Und dann unterbreitet er mir seinen fiesen Plan.

Jamie findet, wir sollten dafür sorgen, dass Papa und Ulla sich »ganz zuuufällig« in einem romantischen Restaurant treffen und in eine private Stimmung kommen. Und dann sorgen wir noch dafür, dass Annette genauso »zuuufällig« dort hereinkommt und die beiden auf frischer Tat ertappt.

»Hä? Wie willst du das denn schaffen? Bist du der Gott des Zuuufalls?«

»Neiiin«, antwortet Jamie. Und dann unterbreitet er mir einen extrem komplizierten Plan, bei dem Mona, er und ich unsere jeweiligen Elternteile unter absurden Vorwänden und in zeitlichen Abständen in dieses Romantik-Restaurant lotsen und dann ziemlich lange auf der Toilette verschwinden, sodass das Unheil seinen Lauf nehmen kann.

»Das fällt doch auf. Dann wissen sie sofort, dass wir dahinterstecken. Die sind doch nicht blöd.«

Jamie nickt. »Das ist leider der Haken an dem Plan. Aber sonst ist er top!«

Das Schlimme ist, mir fällt auf der Stelle ein, wie man Jamies Idee wirklich perfekt machen könnte. Und es wundert mich, dass er nicht selber draufgekommen ist. Da er doch schon das »romantische Restaurant« so ausgesprochen hat, wie Mona neulich das »romantische Bistro«, in dem ihre Mutter immer ihre eBay-Kunden trifft.

Ich könnte Papa bitten, etwas von Ulla für mich zu ersteigern. Natürlich ohne zu sagen, dass es von Ulla ist. Schließlich sieht man bei eBay nicht den Namen des Verkäufers, sondern nur den Nickname. Und dann könnte ich sagen, dass ich mir das Ersteigerte gerne selber abholen würde, weil der Verkäufer »zuuufällig« in Köln wohnt. Und weil Papa natürlich auch Angst vor diesen schlimmen Internet-Verbrechern hat, wird er vorschlagen, dass er die Tasche abholt. Und schon haben wir die beiden zusammen in diesem kuscheligen Bistro. Dann muss nur noch Annette vorbeibummeln, zum Beispiel in Begleitung von Jamie, der dafür sorgt, dass sie zur richtigen Zeit den Blick ins richtige Schaufenster wirft. Bingo.

Jamie schaut erwartungsvoll. »Du hast doch gerade die Mega-Idee«, sagt er. »Ich sehe dir das an.«

»Du meinst, du kannst sehen, was ich denke? Warum fragst du mich dann?«

»Nein, ich sehe nicht, *was* du denkst, sondern *dass* du denkst. Und an der Tiefe der Falte zwischen deinen Augenbrauen kann ich sehen, ob es genial ist oder nicht.«

»Du spinnst«, behaupte ich und streiche mit der Hand über meine Stirn.

»Also sag schon.«

Keine Ahnung, warum ich meine Idee verrate. Vielleicht, weil ich mich geschmeichelt fühle, dass er mich für genial hält. Dabei will ich die Aktion gar nicht durchziehen. Und schon gar nicht verantworten. Aber Jamie führt einen kleinen Freudentanz auf. »Das ist es!«, ruft er. »Ich wusste, dass ich mich auf deine Sorgenfalte verlassen kann.«

»Hey, es ist nur ein Gedanke gewesen. Man muss nicht jeden Gedanken wahr werden lassen, nur weil er sich gut anhört.« Ich sehe ihn zweifelnd an. »Oder vielleicht doch?«

Kapitel 6

Am Morgen des Super-GAU-Tages wird mir auf einmal bewusst, dass ich womöglich alles Familiäre zum letzten Mal mache. Ich werfe einen Blick ins Jungs-Zimmer. Jamie schläft so nah am Hamsterkäfig, dass ein paar Strähnen seiner Haare durch die Gitterstäbe gerutscht sind und von Stinkie Miller misstrauisch beschnüffelt werden. Jimmi liegt mit dem Gesicht mitten auf dem Schlafhasen, der alle viere von sich streckt und aussieht, als wäre er gerade von einem Felsbrocken erschlagen worden. Das sieht so lustig aus, dass ich heimlich ein Erinnerungsfoto mache.

Beim Zähneputzen benutze ich die Mickymaus-Zahnpasta. Sie schmeckt köstlich nach Kaugummi. Und ich creme mir mit Annettes Tagescreme das Gesicht ein. Dann gehe ich in die Küche, wo Papa bereits mit einem Kaffee und der Zeitung sitzt.

»Hey, Easy, was machst du denn so früh hier? Sag bloß, du fieberst schon dem Nachmittag entgegen?«

Ich spüre, wie mir das Blut in den Kopf schießt. Weiß Papa etwa von unserem Plan? »W-wie meinst d-du d-das?«, stottere ich.

»Na ja, sollte ich heute Nachmittag nicht diese frisch ersteigerte Handtasche für dich abholen? Die unglaublich wichtige Tasche, ohne die dein Leben nur noch einen Dreck wert ist?«

»Ach so, ja klar, die Tasche, die ist echt super. Du brauchst dich deswegen gar nicht über mich lustig zu machen.«

Annette kommt mit ein paar Brötchen, und wir setzen uns zusammen an den Tisch. Ich wage es nicht, ihr in die Augen zu schauen.

»Easy, ich habe einen Fußpflege-Gutschein für zwei Personen in einem Fisch-Spa von meinem Bruder zum Geburtstag geschenkt bekommen. Du weißt schon, da wo man die Füße von hundert Putzerfischen gereinigt bekommt. Und dein Vater traut sich nicht mitzukommen. Hast du vielleicht Lust? Nächste Woche oder so?«

Papa hebt seinen Kopf aus der Zeitung und sieht aus, als wolle er wegen dem »traut sich nicht« protestieren. Doch dann verschwindet er wortlos wieder hinter dem Sportteil.

»Oh, das hört sich lustig an«, sage ich und würde mir wünschen, ich könnte ebenfalls flächendeckend hinter einem Stück Papier verschwinden.

Annette wertet das als ein Ja und macht auf der Stelle einen Termin für uns beide.

»Ich höre mal, wann die noch einen Termin freihaben. Ist dir nachmittags recht?«, fragt sie. Ich zucke mit den Schultern, was ebenfalls als Zustimmung gewertet wird.

Als Nächstes kommt Jimmi in die Küche. Er fragt nach

dem Fieberthermometer, weil er glaubt, Stinkie Miller habe Grippe.

»Du willst dem armen Kerl doch kein Fieberthermometer in den Hintern stecken«, protestiert Papa.

»Nein, wir haben doch so ein modernes Thermometer für die Ohren«, versucht Jimmi ihn zu beruhigen.

»Ich glaube, Hamster kriegen gar kein Fieber«, behaupte ich und gehe mit ihm nach dem armen Stinkie schauen. Wahrscheinlich hat Jimmi die Hamsterkrankheit nur erfunden, weil er selbst mittags zu einer Vorsorgeuntersuchung zum Kinderarzt muss. Jamie soll mitkommen und sich auch mal ein bisschen durchchecken lassen.

Als die drei weg sind, atmet Papa einmal tief durch und legt die Zeitung auf den Tisch. »So, jetzt zu uns«, sagt er.

Da die anderen nach dem Arzt in der Stadt etwas essen und danach noch für Jamie ein paar neue Schulbücher besorgen müssen, haben Papa und ich Zeit zu zweit. Eigentlich ist Freibadwetter, aber Papa findet, wir sollten ins Hallenbad gehen. Da hätten wir die Rutsche ganz für uns alleine und könnten innerhalb von einer Stunde alle Rutschpartien eines ganzen halben Jahres nachholen. Eine super Idee. Danach holen wir noch das letzte Halbjahr Sushi-Essen nach, was nicht so schwer ist, weil Papa und ich nur sehr selten zum Japaner gehen. Mit einer doppelten Portion sind wir also schon im grünen Bereich.

Als wir wieder zu Hause ankommen, lassen wir unsere erschöpften Körper mit den dicken Bäuchen nebeneinander aufs Sofa plumpsen. Und dann holen wir Witzeerzählen nach. Das Praktische ist, dass ich mir sowieso keine Witze merken kann und deshalb auch nie welche erzähle. Im Gegensatz zu Papa, der ein riesiges Repertoire hat und einen Witz nach dem anderen abfeuert. Am Ende muss ich mir den Sushi-Bauch festhalten und aufpassen, dass ich vor Lachen nicht vom Sofa kugele. Fast hätte ich den bevorstehenden Super-GAU vergessen. Doch als Papa kein Witz mehr einfällt, schaut er auf die Uhr und ruft: »Oh nein, deine Tasche!«

Er kann sich noch gerade rechtzeitig auf den Weg machen, um pünktlich im Café Miss Päpki zu sein, wo die Übergabe stattfinden soll. Abgemacht ist, dass *Ullala* nah am Eingang sitzt und als Erkennungszeichen die Handtasche vor sich auf den Tisch gestellt hat. Sie weiß natürlich nichts davon, dass mein Vater der Käufer ist. Jamie wird dann dafür sorgen, dass er nach Arztbesuch und Büchereinkauf mit Annette und Jimmi an der großen Schaufensterscheibe des Cafés vorbeischlendert, um einen Blick auf das Kuchen- und Eisangebot zu werfen. Alles Weitere ergibt sich von selbst.

Ich warte derweil zu Hause, weil ich angeblich eine Face-Time-Verabredung mit Mama habe. So weit, so perfekt. Oder sollte ich sagen: So weit, so grausam? Na ja, wer weiß, was passiert. Vielleicht bleibt Annette ja auch cool und lässt sich diesen unglaublichen Zufall erklären. Dann ist es auch okay, und ich nehme mir vor, danach mit dem Manipulieren aufzuhören und die Dinge zu nehmen, wie sie sind. Sollten Annette und Papa diese Prüfung bestehen, dann haben sie meinen Segen. Und wenn nicht, dann haben sie es auch ein bisschen selber vermasselt und sind vielleicht nicht füreinander geschaffen. Komischerweise fällt mir dieser Glückskeks-Satz wieder ein. ALLES SEIN LASSEN. Und plötzlich habe ich die Lösung. Das ist es. Wenn SEIN ein Hauptwort ist, dann würde es so was wie »das Dasein« oder »das Sosein«

bedeuten. Und dann könnte es bedeuten, dass man alles Dasein akzeptiert, so wie es ist. Auch das Dasein von Annette in Papas Leben. Puh, krasse Deutung. Aber gut. Ich versuch's mal. Jedenfalls als Plan B, wenn Plan Super-GAU danebengeht.

Fünf Minuten nachdem Papa aus der Tür ist, kommt die planmäßige Nachricht von Mona:

Läuft.

Und wenige Sekunden später:

Stell Dir vor, die beiden verlieben sich wirklich. Dann würde Mamas absurder Traum vom eBay-Traummann in Erfüllung gehen.

Ich muss schlucken. Ach du Schreck! Schnell texte ich:

Ich glaube, mein Vater hat erst mal genug vom Traummann-Dasein.

Dann habe ich frei und laufe planlos durch die Wohnung. Ein bisschen fühle ich mich wie der König im Dschungelcamp in den Minuten vor der Krönung. Alle anderen sind schon rausgewählt worden, und ich durchstreife das Camp und denke an all die krassen Erlebnisse der letzten Wochen. Ich gehe sogar zu Stinkie Miller, der seinem Namen heute alle Ehre macht, und streiche über sein cappuccinofarbenes Fell.

Es dauert eine Ewigkeit, bis die nächste Nachricht auf meinem Handy ankommt. Meine Hände zittern, als ich sie anklicke. Jamie schreibt:

Alles läuft wie geplant. Bombe ist geplatzt. Und Annette auch.

Was ist passiert?

Mama mischt gerade den Laden auf. Jimmi und ich sind draußen vor der Scheibe.

Gucken wie in ein Aquarium mit Kampffischen. Dein Vater und Ulla voll verdattert. Sie kommt wieder raus!

Was macht ihr jetzt?

Funkstille. Jamie kann anscheinend nicht mehr schreiben. Weil er seine Mutter trösten muss? Oder weil Papa auf ihn losgegangen ist? Oh, was ist nur passiert?

Was ist los?, versuche ich es noch mal.

Nach ein paar Minuten, die mir wie eine Ewigkeit vorkommen, endlich die Nachricht:

Wir fahren in unsere alte Wohnung. Ich glaube, sie hat Schluss gemacht!

Den letzten Satz lese ich bestimmt hundert Mal. Sie haben Schluss gemacht. Und es ist meine Schuld. Jedenfalls meine Mitschuld. Das fühlt sich plötzlich gar nicht mehr so gut an. Jetzt habe ich nicht nur Papas Wüstenblume auf dem Gewissen, sondern vielleicht auch seine Liebe. Ich habe seine Vergangenheit verloren und seine Zukunft vermasselt. Von der Gegenwart ganz zu schweigen. Aber war er wirklich glücklich mit Annette? Andererseits: War es wirklich mein Recht, darüber zu entscheiden? Warum habe ich dieses ALLES SEIN LASSEN nicht eher verstanden?

Na ja, jetzt kann ich es sowieso nicht mehr rückgängig machen. Eigentlich haben Jamie und ich Papa ja »nur« gezeigt, wie blöd Annette ist, wenn es hart auf hart kommt. Weil sie ihn verlässt, obwohl er gar nichts für dieses Treffen mit Ullala kann. Es hätte ja wirklich Zufall sein können. Ich versuche mich wieder aufs Freuen zu konzentrieren. Auf den schönen Rest der Sommerferien, den Papa und ich jetzt wie heute Vormittag verbringen können.

Dann höre ich plötzlich die Tür. Er ist schon zurück! Ich positioniere mich vor meinem Laptop und starte schnell die Gilmores. Da klopft es auch schon an meiner Zimmertür.

»Jaha«, rufe ich.

Die Tür geht auf, und ich blicke in Annettes verheultes Gesicht.

Ich muss meine Überraschung noch nicht mal spielen. »Was ist los?«

Annette zieht die Nase hoch wie ein kleines Kind. »Easy, ich wollte mich von dir verabschieden. Dein Vater und ich haben uns getrennt. Er ist noch nicht wieder hier, oder?«

Ich schüttele den Kopf. Sie sieht unendlich traurig aus.

»Es tut mir so leid«, schluchzt sie. »Wir haben es einfach nicht hinbekommen. Aber es war nicht eure Schuld. Und deine schon mal gar nicht.« Der Satz durchfährt mich wie ein Blitz. Wenn sie wüsste ... Ich bekomme auf der Stelle das schlechteste Gewissen meines Lebens.

»Dabei wollten dein Vater und ich uns immer ein Beispiel an euch Kindern nehmen. Ihr seid sofort zusammengewachsen, während wir ...«

Sie bricht ihre kleine Rede ab und holt ein völlig zerfleddertes Papiertaschentuch aus der Jackentasche. Beim Naseputzen lösen sich kleine weiße Fetzen und fliegen durch den Raum.

»Ihr habt euch getrennt?«, wiederhole ich. Die Scheinheiligkeit dieses Satzes hallt so laut nach, dass ich Angst habe, die schlaue Annette könnte mir auf die Schliche kommen. Doch sie nickt einfach nur.

»Ich hole schnell unsere Sachen. Also das Nötigste. Den Rest können wir dann ein anderes Mal ...« Wieder gerät sie ins Stocken. Dann bittet sie mich, ihr zu helfen, Stinkie Miller ins Auto zu tragen, bevor mein Vater kommt. Ich hätte nicht gedacht, dass der Hamster zum Nötigsten gehört.

Als alle Taschen und der Käfig verstaut sind, nimmt Annette mich in den Arm. Ihr ganzer großer Oberkörper legt sich um mich. Fast könnte ich darin verschwinden. »Mach's gut, du tolles Mädchen«, sagt sie. »Jamie und Jimmi werden sich bestimmt noch mal bei dir melden.«

Ich nicke und schaue auf den Rücksitz, wo Stinkie Miller sein Trockenfutter mümmelt. Jedenfalls einer, der sich nicht beirren lässt. Ich wünschte, ich könnte auch so cool sein. Zu allem Überfluss kommt plötzlich auch noch die Würgeschlange angeschlichen.

Annette setzt sich ans Steuer, und ich hebe die Hand zum Winken. Da lässt sie noch mal die Scheibe runter.

»Glaub mir, es tut mir wirklich leid, dass wir euch Kinder diesem Hin-und-her-Hickhack ausgesetzt haben. Ich hoffe, du hast mit deinem Vater alleine wieder mehr Freude. Obwohl, alleine, na wer weiß, ob er ...« Wieder hält ein Heulschub sie vom Weiterreden ab. Sie scheint echt zu glauben, dass Papa jetzt mit Ulla zusammenkommt. Die Arme. Wie kann ich sie nur vom Gegenteil überzeugen, ohne alles zu verraten?

Doch dann sagt sie einfach nur »Wie auch immer«, drückt mir ihre Schlüssel von unserer Wohnung in die Hand und rauscht mit offenem Fenster davon.

Wie benommen stehe ich mit den Schlüsseln vor unserem Haus. Genau da, wo vor Kurzem noch Big Ben auf den ahnungslosen Papa getroffen ist. Ein Satz kreist in meinem Kopf, als wäre er ein kleiner Zug auf einer inneren Achterbahn: Der Spuk ist vorbei, der Spuk ist vorbei, der Spuk ist vorbei. Rauf und runter, hin und her. Aber ich kann den Satz nicht glauben. Es ist, als wolle er mich irre machen. Denn alle Figuren, die mit dem Spuk zu tun haben, sind noch so lebendig, als säßen sie in den kleinen Wagen dieser Achterbahn und würden schreiend durch die Luft gewirbelt. Inklusive mir.

Keine Ahnung, wie ich all die Leute und die Eindrücke wieder loswerden soll. Vielleicht mit ganz vielen neuen Erlebnissen, die die alten irgendwie nach unten rutschen lassen, so wie alte Nachrichten in einem Chat-Verlauf.

Ich gehe zurück in die Wohnung. Es sieht aus wie nach einem Einbruch. Annette hat alle möglichen Schränke und Kommoden geöffnet und ihr Zeug einfach rausgerissen. Ehrlich gesagt kann ich nirgendwo noch etwas von ihr finden, das sie später abholen könnte. Selbst die Fußballbettwäsche ist weg. Und auch Papas Bett ist nur noch zur Hälfte bezogen. Nur ein paar Poster von Jimmi kleben noch an den Wänden. Ich wünschte, Papa wäre wieder da, und er würde erleichtert sein über den Auszug. Ich wünschte, wir hätten alles schon wieder aufgeräumt und würden abends gemütlich ins Kino gehen.

Leider kommt es anders. Denn als Papa mit der blöden Ulla-Handtasche nach Hause kommt, hat er noch keine Ahnung, dass Annette bereits mit ihm Schluss gemacht hat. Und noch weniger weiß er, dass sie mit Mann und Maus schon ausgezogen ist. Als er das Chaos in unserer Wohnung sieht, läuft er wie ein Tiger im Käfig hin und her.

»Was hat sie denn gesagt«, fragt er immer wieder und krampft seine Hand um den Griff der Tasche. Dabei hört er gar nicht zu, was ich antworte. Dann lässt er sich auf sein Bett mit dem nackten Plumeau fallen.

»Weißt du, wer die eBay-Ullala war?«, sagt er leise. »Es war tatsächlich die Mutter von Mona, auf die Annette schon die ganze Zeit eifersüchtig war. Ausgerechnet die!«

Ich verziehe das Gesicht, als hätte ich in eine Zitrone gebissen.

»Und weißt du, wer genau im Moment der Taschenübergabe vorbeispaziert kommt?«

Wieder verziehe ich das Gesicht.

»Annette. Stell dir vor, Annette kommt ausgerechnet an *dem* Fenster vorbei, hinter dem ich mit dieser Ulla sitze, und schaut zufällig zu uns rein. Klar hat sie gedacht, ich hätte mich heimlich mit Ulla getroffen. Und dann auch noch in diesem Chichi-Café. Alles voller Blumen, Spiegeln, Kronleuchtern und samtbezogenen Sitzen. Die machen da voll auf Franzosen-Romantik. Rendezvous und Amour fou und so.«

Papa senkt sein Gesicht und stöhnt. Doch dann schnellt der Kopf plötzlich wieder hoch. Er greift meinen Arm und zieht mich zu sich heran. Seine Hand ist nicht warm, trocken und beruhigend, so wie sonst immer, sondern kühl, feucht und aufrüttelnd.

»Easy, das sind schon wieder mehrere unglaubliche Zufälle auf einmal. So wie bei diesem Tätowierten in meinen Klamotten. Sag mir bitte, dass du diesmal nicht dahintersteckst.« Papas puppentellergroße Augen flehen mich an.

»Was? Nein!« Ich schüttele den Kopf, als hätte er gerade den absurdesten Gedanken der Welt geäußert. Und ich bin von mir selbst erschrocken, wie professionell ich in der Not lügen kann.

»'tschuldigung«, sagt er und lässt mich wieder los. »Ich sehe schon weiße Mäuse. Natürlich steckst du nicht dahinter. Ich meine, das würdest du niemals tun, ich kenn dich doch. Und außerdem: Du und Jamie, ihr wart doch inzwischen unzertrennlich. Ein Herz und eine Seele.« Papa sackt wieder in sich zusammen, und mein Herz fühlt sich an, als würde es jeden Moment zerspringen. Es klopft mit der Wucht einer Abrissbirne gegen meinen Brustkorb. Papa müsste es eigentlich hören. Aber er ist wohl zu sehr mit sich selbst beschäftigt. *Du und Jamie, ihr wart doch unzertrennlich,* hallt es in meinem Kopf nach.

»Easy, ich hab's echt vergeigt, ich bin ein Versager«, höre ich Papa weiter stöhnen. »Es tut mir so leid. Aber Annette war auch echt anstrengend. Und sooo misstrauisch. Vielleicht ist es ja besser so.«

Ich schaue ihn prüfend an. »Also was jetzt? Ist es schlimm, dass sie weg ist, oder nicht?«, frage ich leise.

Aber er antwortet nicht, sondern will sich einen Moment ausruhen. »Ich brauche ein Stündchen für mich«, sagt er nur. »Dann räume ich die Bude auf, und wenn du willst, bestellen wir uns etwas beim Italiener oder Thailänder oder so. Und du darfst auch das Fernsehprogramm bestimmen. Wenn ich nur nicht mehr vor die Tür muss.«

Ich nicke und gehe zurück ins Arbeitszimmer. Irgendwie habe ich nicht die geringste Lust, meine Sachen zurück in mein altes Zimmer zu räumen. Ich fühle mich hundeelend wegen diesem … *das würdest du niemals tun, ich kenn dich doch.*

Jamie schreibt, dass Annette seit einer halben Stunde heulend unter der Dusche steht. Und Mona berichtet, ihre Mutter hätte sich ein Kleid aus der neusten Versace-Kollektion gegönnt und wäre bester Dinge.

Abends wird die Stimmung auch nicht besser. Traurige Anblicke, so weit das Auge reicht. Überall tun sich Lücken auf. Die unbesetzten Stühle am Tisch, die leeren Haken an der Garderobe. Auf den Badezimmerablagen sind noch Ringe von den verschwundenen Tuben und Flaschen zu sehen. Ich wische sie weg und ordne die verbliebenen Waschlotionen und Shampoos neu.

Die Pizza, die Papa bestellt, essen wir nur zur Hälfte. Im Fernsehen läuft *Wer wird Millionär?*. Ich tue so, als ob ich das sehen möchte, weil ich weiß, dass Papa immer gerne miträt. Vielleicht bringt ihn das aus seinem Zombi-Zustand wieder heraus. Ich glaube nämlich, er bereitet sich seit Jahren heimlich auf einen Auftritt in der Sendung vor. Und eigentlich steht zwischen ihm und dieser Million nur noch ein Anruf beim Sender. Es ist wie so eine Hintertür, die mein Vater sich im Leben offen hält. Sein Plan B. Aber heute scheint das viele Geld völlig uninteressant zu sein. Papa starrt durch den Bildschirm hindurch und will nach der Sendung sofort ins Bett.

Ich selbst bin kein bisschen müde. Ich muss an diesen blöden Spruch meiner Oma Hannelore denken, bei der ich früher manchmal geschlafen habe, wenn Mama und Papa Streit hatten. »Ein gutes Gewissen ist ein sanftes Ruhekissen«, hat sie immer gesagt, bevor sie milde lächelnd ihre Augen zumachte und sie erst am nächsten Morgen wieder öffnete. Wenn ich bei ihr schlief, habe ich sie immer noch eine Ewigkeit lang angestarrt. Weil ich mir sicher war, dass sie bluffte. Doch sie war tatsächlich auf der Stelle weg.

Eines Morgens hat sie die Augen dann erst gar nicht wieder aufgemacht. So war sie. Unaufgeregt bis in den Tod. Gott sei Dank habe ich in dieser Nacht nicht bei ihr geschlafen!

Keine Ahnung, warum Oma jetzt auf ihrem allerletzten Ruhekissen auftaucht. In der Dunkelheit hinter meinen Augenlidern flackern auch wieder die Gesichter von Jamie, Jimmi und Annette auf und ziehen seltsame Grimassen. Ich überlege, ob ich Mirabelle alles erzählen soll. Ist es schon zu spät, um eine alte Dame anzurufen? Aber Holland ist in Not. Also wage ich es – und sie ist auch gleich am Telefon.

»Easy, wie nett! Es ist doch nichts passiert, oder?« Ich erzähle ihr von der Trennung, natürlich ohne die Hintergründe zu erwähnen.

»Au Backe«, sagt sie. »Na, das ist ja was.«

Ehrlich gesagt hätte ich mehr von ihr erwartet. Mindestens eine unbrauchbare Lebensweisheit à la *ALLES SEIN LASSEN* oder ein bisschen Trost.

Sie will wissen, ob ich mich freue, »die Nervensägen endlich los zu sein«. Und als ich nicht sofort antworte, sagt sie: »Oder hattest du etwa doch ein Auge auf diesen James geworfen?«

»Der heißt Jamie!«

»Ach Jamie, meine ich doch. Ich dachte, das wäre die Verniedlichung von James. Es ist doch unpassend für so einen großen Jungen, wie ein kleiner Hase genannt zu werden.«

Ich versuche zu lachen, aber es hört sich kläglich an.

»Ich kann mir vorstellen, wie dir zumute ist«, sagt Mirabelle schließlich. »Liebeskummer ist das Schlimmste überhaupt. Und es gibt kein Rezept dagegen, glaub mir. Jedenfalls keins, das sofort anschlägt. Das suchst du doch, oder?«

Ich wechsele schnell das Thema, weil mein schlechtes Gewissen auf einer Skala von null bis zehn gerade mindestens auf zwölf steht. So genau wollte ich gar nicht wissen, wie Papa und Annette sich jetzt fühlen.

Wir reden noch ein bisschen über Big Ben. Sie versucht, mich mit einer Geschichte über seine sonderbare Kuchensucht aufzuheitern. »Stell dir vor, seine Backentaschen sind immer mit Kuchenresten gefüllt. Sogar mit den Krümeln, die die Leute auf ihren Tellern zurückgelassen haben. Inzwischen ist der junge Mann selbst aufgegangen wie ein Hefeteilchen. Jedenfalls hat er gar nicht mehr in seine Jeans gepasst, sodass er sich eine neue Hose kaufen musste. Und was für eine! Das Ding hat überall Löcher und ist mit Ketten und Sicherheitsnadeln behangen wie ein Christbaum. Meine Katzen lieben ihn jetzt allerdings noch mehr. Sie halten die vielen Kettchen für Spielzeug.«

»Und deine Kunden?«, frage ich. »Kommen die mit solchen Hosen klar?«

»Oh, natürlich nicht. Aber sie lieben es, sich über Dinge aufzuregen. Die Hose ist Top-Tagesgespräch.«

Um seine Hose abzubezahlen, hat Big Ben tatsächlich seinen Job noch mal verlängert. »Glaub mir, das Ding sieht aus, als hätte er es irgendwo aus der Mülltonne gezogen. Aber angeblich hat er zweihundert Euro dafür bezahlt«, kichert Mirabelle.

Bevor sie wieder auflegt, lädt sie Papa und mich noch zu einem »All you can eat«- und »All you can kuschel«-Nachmittag in ihr Café ein. Und sie verabschiedet sich mit den Worten: »Ach Schätzchen, vergiss bloß nicht, dem Gott der Liebe die Schuld für euer Drama zu geben. Nicht, dass du die Trennung am Ende noch auf dich beziehst. Dazu neigen Kinder ja angeblich.«

Ich schlucke. Warum beteuern nur alle immer meine Unschuld?

Kapitel 7

Am nächsten Morgen werde ich von meinem fröhlich zwitschernden Handy geweckt. Innerhalb von einer Sekunde ist sowohl meine Erinnerung als auch meine Panik wieder da. Jamie ruft an.

»Kannst du sprechen?«, flüstert er.

Ich öffne sicherheitshalber meine Zimmertür und werfe einen Blick in Flur und Küche. Alles verwaist. Papa scheint sich weiter das abgezogene Plumeau über den Kopf zu ziehen.

»Ja, was gibt's Neues?«, flüstere ich.

»Nichts Neues. Hab nur mal 'ne Frage: Glaubst du, wir haben alles richtig gemacht? Ich meine, durften wir das? Und Zusatzfrage: Was werden wir auf unserem Totenbett über die Sache denken. Werden wir wirklich stolz auf uns sein?«

Ich stöhne und lasse mich zurück auf mein unsanftes Ruhekissen fallen. »Einmal Ja, zweimal Nein, würde ich sagen.«

»Und die Reihenfolge?«

»Keine Ahnung.«

»Du bist dir sicher, dass wir nicht dreimal ein Nein kassieren?«

»Nein. Nicht sicher.«

Wir schweigen.

»Hey, wenn man immer danach geht, worauf man auf dem Totenbett stolz sein wird, dann kann man das Leben gleich vergessen«, sage ich. »Wir machen doch ständig blödes Zeug. An das allermeiste werden wir uns auf dem Totenbett gar nicht mehr erinnern. Das haben wir doch schon am nächsten Tag vergessen.«

»Aber an das hier werden wir uns erinnern, ich schwör's dir! Fragt sich nur, was wir dann darüber denken.«

Jamie beginnt eine Grundsatzdiskussion über das Vergessen und den Sinn des Lebens. Und davon, dass wir Buße tun sollten. Oder uns stellen. Alles zugeben und auf Gnade hoffen. Ich lasse ihn einfach reden.

»Wie geht es Jimmi?«, frage ich, als er fertig ist.

»Ganz ehrlich? Beschissen. Und soll ich dir sagen, warum?«

»Nein, sollst du nicht.«

»Tu ich aber. Jimmi hat gesagt, er hätte sich immer schon eine große Schwester gewünscht. Alle hätten behauptet, das geht nicht. Also rein zeitlich gesehen. Weil die Vergangenheit, in der diese Schwester hätte geboren werden müssen, ein für alle Mal vorbei ist. Doch dann war diese Schwester plötzlich doch da! Aber eben nur ganz kurz. Nur zum Beschnuppern. Er meinte, das wäre, als wenn man einem Hund eine Wurst hinhält und sie dann wieder wegzieht. Ätschibätschi.«

»Und ich soll jetzt die Wurst sein, oder was?«, schnaufe ich.

Dabei bin ich eigentlich zu Tode gerührt. Ich hätte für jemanden die lang ersehnte große Schwester sein können.

Oder anders gesagt, ich hätte einen kleinen Bruder haben können, der mich über alles liebt. Und einen großen noch dazu. Vielleicht ein Leben lang. Eigentlich waren die beiden gar nicht so übel. Dafür, dass man sich echte Geschwister auch nicht aussuchen kann, waren sie sogar voll in Ordnung.

»Hey, was passiert ist, ist passiert«, sage ich tapfer. »Wir können es nicht wieder rückgängig machen.«

Dann legen wir auf.

Kaum dass ich mich ein bisschen von dem Gespräch erholt habe, kommt eine Nachricht von Mona:

Jamie und ich sind heute Nachmittag verabredet. Wollte das aber nicht hinter deinem Rücken tun. Das ist doch okay, oder? Wenn du willst, können wir uns morgen treffen. Dann erzähle ich dir, wie es mit Jamie war.

Na toll.

Ich kann morgen nicht, schreibe ich zurück.

Dann gehe ich Brötchen holen.

In den nächsten zwei Tagen spielen Papa und ich uns gegenseitig vor, dass alles in Ordnung ist. Papa ist tatsächlich wieder ganz für mich da. Genau gesagt will er jede Minute mit mir verbringen. Aber ich merke, dass er keinen echten Spaß mit mir hat, und das macht die Sache anstrengend.

Als es am Mittwochnachmittag klingelt, schrecken wir beide auf. Vielleicht sind es ja Annette, Jamie und Jimmi, denke ich. Immerhin haben sie keinen Schlüssel mehr. Papa hastet zur Tür, als würde er dringend jemanden erwarten. Und ich laufe hinterher, was echt albern ist. Nur Kleinkinder rennen mit zur Tür.

Im Hausflur steht ein seltsamer Typ mit Pferdeschwanz und einem Rollkoffer in Campingwagen-Form. Auf seiner Stirn sprießen Pickel, die bei genauer Betrachtung das Sternbild des Großen Wagens ergeben.

»Hi, ich suche Jamie Weinert. Ich bin Pate für begleitete Tierreisen.«

»Jamie wohnt hier nicht mehr«, sagt Papa und bekommt augenblicklich eine belegte Stimme. Er will die Tür schon wieder zumachen, doch ich halte sie fest, um zu hören, worum es geht.

»Der wohnt hier nicht mehr?! Na großartig«, sagt der Typ. »Ich mache meinen Job ehrenamtlich, versteht ihr. Ich bekomme da keinen Cent für. Und ich habe keine Lust, mich verarschen zu lassen.«

Vielleicht ist es ja ein Verrückter, denke ich und schaue noch mal auf diesen merkwürdigen Kinderkoffer. Da sehe ich, dass die Fenster des Wohnwagens gar nicht aufgedruckt sind, sondern echt. Sie sind mit Fliegengitter verhangen. Und hinter dem Stoff gucken mich zwei dunkle Knopfaugen an.

»Was für ein Tier transportierst du denn?«, frage ich.

»Einen Mops. Und er ist jetzt seit über vier Stunden unterwegs. Big Boss ist nämlich in Berlin eingecheckt worden.«

»Kein Problem, wir nehmen ihn«, sage ich kurz entschlossen. »Jamie kann ihn sich hier abholen.«

Papa scheint zu schwach für eine Mopsannahme-Verweigerung. Jedenfalls lässt er alles über sich ergehen und unterschreibt sogar das Übergabeprotokoll. Fünf Minuten später steht der kleine Camper samt Inhalt in unserer Küche. Als es still geworden ist, hören wir ein unheimliches Röcheln aus dem Inneren des Koffers. Es klingt, als hätte der Campingwagen Asthma. Papa gießt sich eine Tasse Kaffee ein und wirft einen Blick durch das Fliegengitter.

»Das ist das Tier von diesem Tätowierten, stimmt's? Das Jamie gestohlen hat, weil er gegen die Herrschenden dieser Welt aufbegehren wollte?«

Ich nicke. »Glaub schon.«

Papa findet, dass Möpse ganz arme Teufel sind, weil ihnen die Schnauze weggezüchtet wurde, sodass sie aussehen wie nach einem Unfall. Und Luft würden sie durch die Knautschzone auch nicht mehr richtig bekommen. Außerdem findet er noch, dass ich mich um die weitere Übergabe kümmern soll. Weil er keine Kraft für ein Wiedersehen mit Annette hat. Ich bin mit allem einverstanden.

Dann stehe ich plötzlich alleine mit dem Kunstleder-Campingwagen in der Küche und öffne vorsichtig die Tür, die mit einem Reißverschluss umrahmt ist.

Leider ist die Situation dann nicht wie in den niedlichen Tierfilmen, wo die Geretteten einem schwanzwedelnd entgegenhüpfen und dankbar übers Gesicht schlecken. Big Boss knurrt mir aus der Dunkelheit entgegen. Vorsichtig leuchte ich mit meinem Handy hinein. Der verängstigte Mops sitzt in der hintersten Ecke und erinnert mich an Stinkie Miller, der sich in Jimmis Superman verkrochen hatte. Nur dass Big Boss ein wesentlich größeres Maul und wesentlich schärfere Zähne hat.

Ich könnte Jamie anrufen und ihn fragen, ob er den Campingwagen mit mir zu Big Ben ins Café bringt. Vielleicht weiß er ja gar nichts von diesem Tiertransport. Vielleicht hat Tante Susanne ja gegen Tabans und Jamies Willen den Mops zurückgeschickt. Weil sie herausbekommen hat, dass Big Ben noch in Köln ist. Und weil sie der Meinung ist, dass man das Tier seinem rechtmäßigen Besitzer zurückgeben muss.

Das Blöde ist nur, dass Mona heute bei Jamie ist. Und die denkt bestimmt, ich wäre eifersüchtig auf ihr Treffen, wenn ich jetzt da anrufe. Außerdem würde sie zur Mops-Übergabe mitkommen wollen und alles verkomplizieren.

Ich entscheide mich für eine Ultra-Kurznachricht. Dann kann Jamie mich ja anrufen, wenn er mehr erfahren will.

Big Boss ist hier.

Es dauert keine zwei Sekunden, bis mein Handy klingelt.

»Waaas?«, ruft Jamie.

»Ein Hundebote hat ihn hier abgegeben. Der glaubte wohl, du wohnst noch hier.«

»Ein Hundebote?«

»Ja, so ein Tiertransporter-Typ. Jedenfalls ist Big Boss in einem winzigen Wohnwagen hier abgeliefert worden. Und er will nicht aussteigen.«

Jamie lacht. »Das ist krass. Taban hat mir gar nichts davon erzählt. Aber jetzt weiß ich, warum er neulich meine Kölner Adresse haben wollte.«

Ich erkläre Jamie, dass Big Boss schnellstens zu Big Ben gebracht werden muss. Weil er hier extrem fremdelt. Und weil er bestimmt bald in den Wohnwagen pinkelt oder Schlimmeres.

»Okay, ich komme«, sagt Jamie.

»Ich dachte, du bist mit Mona verabredet.«

»Ach so, ja, Mona ist auch hier«, flüstert er. »Die hatte so ein Computerproblem und wollte, dass ich ihr helfe.«

»Und, kannst du sie wieder loswerden?«

»Keine Ahnung, ich versuch's.«

Zwanzig Minuten später stehen beide vor meiner Tür. Mona stürzt in die Küche und macht auf Tierversteherin. Aber auch sie kann Big Boss nur ein Knurren entlocken. Darum ziehen wir gleich los zu Big Ben, der nicht an sein Handy geht und deswegen auch noch gar nichts von seinem Glück weiß. Als wir nach einer kurzen U-Bahn-Fahrt mit unserer verstörten Fracht vor dem Katzencafé stehen, sind Gott sei Dank kaum Gäste da. Nur ein knutschendes Paar sitzt an einem Tisch, wobei die Frau während des Küssens mit einer Hand noch die graue Perserkatze auf dem Samtsessel neben sich krault.

»Wenn Big Boss diese Monster-Katzen sieht, dreht er bestimmt erst recht durch«, sagt Jamie.

Und Mona will wissen, ob der Küsser etwa dieser Schwachkopf ist.

Jamie zieht die Augenbrauen hoch. »Wir nennen ihn jetzt nicht mehr Schwachkopf«, sagt er oberlehrerhaft.

Ich erkläre Mona, dass der Typ mit den Hamsterbacken hinter der Theke Ben ist.

»Big Ben«, verbessert mich Jamie.

»Okay, wie auch immer, der Typ sieht doch krass harmlos aus«, findet Mona. »Voll der Langhaar-Pitbull. Wenn ihr wollt, geh ich rein und hol ihn.«

Sie wartet gar keine Antwort ab, sondern wirft den Kopf in den Nacken und stolziert mit vorgestreckter Schaumstoff-Brust ins Café hinein. Man sieht von Weitem den kleinen Ruck, der durch Big Bens Körper geht, als er sie sieht. Den Inhalt seiner Backentaschen lässt er mit einem großen Schluck in seinem neuen Bäuchlein verschwinden. Dann stellt er sich mit dem Kuchenmesser und einem fetten Grinsen in Pose.

»Wo ist eigentlich die Besitzerin?«, will Jamie wissen. »Lässt die den etwa in dem Laden alleine?«

»Sieht so aus«, sage ich. »Er ist dann wohl doch nicht so aggro, wie wir immer dachten.«

Inzwischen ist Mona schon wieder auf dem Rückweg, und Ben dackelt zögernd hinter ihr her.

»Langhaar-Pitbull«, kichert Jamie. Oder auch »Langhaar-Dackel«.

»Hey Missi«, begrüßt mich Ben. »Was machst du denn hier? Hättest du nicht gedacht, dass ich inzwischen den Laden hier rocke, was?!«

Als Big Boss die Stimme von Big Ben hört, beginnt er zu bellen und in seinem Kunstleder-Wohnwagen zu randalieren.

Big Bens Augen werden riesig und sehen aus, als würden sie jeden Moment aus seinem Kopf heraustreten. Dann stürzt er auf den Koffer und zerreißt mit der bloßen Hand das Fliegengitter vor dem Fenster. Big Boss springt ihm mit einem großen Satz entgegen, und die beiden knutschen mindestens so heftig wie das Liebespaar im Schaufenster. Das zerknautschte Mopsgesicht bohrt sich in Papas Rollkragen, der immer noch Bens Reißverschluss-Tattoo verdeckt. Und der kleine Ringelschwanz wedelt so heftig, dass man Angst hat, er könnte abbrechen. Am unglaublichsten sind die Geräusche, die die beiden von sich geben. Man kann gar nicht sagen, von wem genau das Jaulen, Jauchzen und Grunzen stammt.

Mona, Jamie und ich starren gebannt auf die kleine Liebes-Show. Jamie zwinkert mir sogar zu, und ich wünschte, alle Probleme in meinem Leben würden sich in so einem Schwanzwedel-Happy-End auflösen.

Plötzlich setzt Big Ben seinen Big Boss auf den Boden.

»Lauf«, ruft er. Der Mops rennt zur nächsten Straßenlaterne, bepinkelt sie von allen Seiten und kommt wieder zurückgerannt.

Big Ben lädt uns auf ein Stück Torte ein. »Geht aufs Haus!«, sagt er gönnerhaft. Also betreten wir das nach Apfelstrudel duftende Café.

Mona, die offensichtlich ein Auge auf Big Ben geworfen hat, scheint die Einladung in erster Linie auf sich zu beziehen. Jedenfalls bedankt sie sich überschwänglich, schüttelt ständig das Haar und bekommt ein paar rote Flecken am Hals. Mir soll's recht sein. Dann hat dieses Jamie-Anschwärmen wenigstens mal ein Ende.

Die Einzigen, die sich nicht über den überraschend aufgetauchten Mops freuen, sind Papst Pius, Lady Gaga und die anderen zahnlosen Raubtiere. Ein Fauchen geht durch die Menge. Und die letzten verbliebenen Haare der Senioren stehen allesamt kerzengerade vom Körper ab. Als Big Ben seinen Mops auf einen Ehrensessel an unserem Tisch setzt, kommt ein Kater mit angelegten Ohren und hoch erhobenem Schweif in einer Art Seitgalopp aus der Ecke gesprungen und führt einen Kriegstanz vor uns auf. Gott sei Dank ist er aufgrund seines hohen Alters schnell erschöpft und verkrümelt sich wieder.

Dann bekommen wir alle ein Stück von dem duftenden Apfelstrudel. Big Ben setzt sich sogar mit an unseren Tisch, nimmt seinen Big Boss auf den Schoß und möchte alles haarklein berichtet haben. Wieder übernimmt Mona das Wort. Dabei weiß sie eigentlich am wenigsten von dem Mopstransport. Aber sie redet und redet und isst und isst, während sich die Flecken an ihrem Hals immer deutlicher abmalen. Als Mona auch noch aufklärt, dass sie damals diejenige war, die sich am Telefon als Tabans Freundin ausgegeben hat, bekomme ich langsam Angst. Ihre Stimme ist inzwischen irgendwie belegt, und Mona atmet, als hätte sie gerade einen Hundert-Meter-Lauf hinter sich.

»Da sind doch keine Nüsse in dem Apfelstrudel, oder?«, frage ich Big Ben, der viel mehr mit Schmusen als mit Zuhören beschäftigt ist.

»Was? Nüsse? Krass, dass du das rausschmeckst.«

»Ich kann das nicht schmecken, ich kann das sehen«, sage ich und zeige auf Mona, die inzwischen aussieht wie eine rot-weiß gefleckte Kuh, während ihr Atem eher an das Mops-Gekeuche von Big Boss erinnert. Erst jetzt scheint auch Mona zu merken, dass irgendetwas mit ihr nicht stimmt. Sie kramt hektisch in ihrer Chanel-Imitat-Handtasche und holt ein lila Plastikröhrchen heraus, an dem sie saugt, als wäre darin das letzte bisschen Sauerstoff auf dieser Welt enthalten.

»Ich muss mich hinlegen«, stöhnt sie und gleitet von ihrem Samtsessel direkt auf den Boden.

»Sollen wir den Krankenwagen holen?«, fragt Jamie. Vor lauter Panik ist er auch schon ganz kurzatmig.

»Nein, bloß nicht wieder in diese Notaufnahme«, keucht Mona. »Das geht gleich vorbei.«

Der Einzige, der die Ruhe bewahrt, ist Big Ben. Er setzt Big Boss auf den Boden, kniet sich wie ein Märchenprinz vor Mona, schiebt sanft seine Arme unter sie und hebt sie vorsichtig hoch.

»Ey Alter, ich kenne mich aus mit Allergien. Hab selber einen Haufen davon«, erklärt er feierlich. Wer von uns der »Alte« sein soll, bleibt offen. Big Boss, der auf der Stelle einen Eifersuchtsanfall bekommt, springt an Big Bens Bein hoch und reißt an den Ketten und Löchern der neuen Hose. Aber Big Ben lässt sich nicht beirren. Er trägt Mona in ein Hinterzimmer des Cafés, wo er sie formvollendet auf seinem ungemachten Bett ablegt, neben einem Teller voller Kuchenkrümel und ein paar alten Socken. Wir laufen einfach nur hinterher und stehen blöd herum.

Big Ben öffnet das Fenster, setzt sich auf die Bettkante und hält Monas Hand, während Big Boss einen zweiten Tobsuchtsanfall bekommt. Er bellt und knurrt und versucht, ebenfalls auf das Bett zu springen. Aber er scheitert an seinen zu kurzen Beinen und seiner Mopshaftigkeit.

»Hey, jetzt keine Panik«, erklärt Big Ben. »Ganz langsam ein- und wieder ausatmen. Und denk an was Schönes. Einen Sonnenuntergang am Meer oder ein Stück Schokoladenkuchen.«

»Aber ohne Nüsse«, ergänze ich leise.

Jamie und ich bieten an, den Laden zu bewachen, während Big Ben Mona bewacht. Als wir keine Antwort erhalten, schleichen wir uns einfach zurück ins Café.

Das knutschende Paar möchte zahlen. Gott sei Dank knutschen sie auch, während ich die Rechnung fertig mache, sodass ich genügend Zeit habe, in der Speisekarte alle Preise zu suchen und ganz in Ruhe zusammenzurechnen. Jamie besorgt inzwischen das Portemonnaie von Big Ben, damit wir Wechselgeld haben. Als alle weg sind, sehen Jamie und ich uns an, und es kommt so ein komisches Komplizen-Gefühl auf.

»Seltsame Sommerferien«, sagt er.

Ich nicke.

»Es ist auch voll komisch, wieder zu Hause zu sein. Also bei meiner Mutter, meine ich. Ich hatte mich schon fast an mein Lager, Kopf an Kopf mit Stinkie Miller, gewöhnt.«

»Hast du auch immer noch dieses schlechte Gewissen?«, frage ich.

»Jep.« Jamie nickt.

Als wir später nach Mona sehen, geht es ihr schon besser. Big Boss auch. Er liegt sogar neben ihr auf dem Bett und kaut auf einer der alten Socken herum. Big Ben eilt nach vorne, er muss sich wieder um neue Gäste kümmern.

»Lasst uns abhauen«, schlage ich vor. »Mirabelle muss nicht unbedingt wissen, dass es in ihrem Café schon wieder einen schlimmen Vorfall gab.«

Mona hat nicht die geringste Lust, wieder zu verschwinden. Sie behauptet, nach so einem allergischen Schock müsse man noch ein paar Stündchen ruhen. Aber sie hat nicht das Geringste dagegen, dass wir beide schon mal vorgehen.

»Vorgehen? Wohin denn?« Als wir nicht sofort verschwinden, stellt Mona sich schlafend. Vielleicht ist sie aber auch wirklich eingeschlafen.

»Wir können sie doch nicht alleine bei Schwachkopf lassen«, flüstert Jamie.

Statt zu antworten, knurre ich nur.

»Ist ja schon gut. Dann eben bei Ben.«

»Wir sind aber auch nicht ihre Aufpasser. Sie kommt auch sonst im Leben ohne uns klar.«

Und so verabschieden wir uns zehn Minuten später von Big Boss und Big Ben und gehen zusammen zurück zur U-Bahn-Station.

»Also dann«, sagt Jamie, als meine Bahn kommt. »Man sieht sich.«

Was für ein blöder Spruch, denke ich. Aber mir fällt auch kein besserer ein.

Als ich beim Losfahren der Bahn verstohlen durchs Fenster einen Blick auf ihn werfe, steht er da und winkt. Er winkt mir hinterher. Völlig uncool. Und völlig nett.

Abends ziehe ich endlich wieder in mein altes Zimmer. Papa hilft mir. Er verbeißt sich geradezu in das Thema »Spuren verwischen«. Mit einem speziellen Schmutzradierer gelingt es ihm sogar, Nutellaflecken von den Wänden und Skateboard-Spuren vom Boden zu entfernen. Es ist, als wollte er jede Erinnerung an Jimmi und Jamie ausradieren.

Als das Bett mit meiner Lieblingswäsche bezogen ist, fühle ich mich ein bisschen besser. Ich verteile noch meine Sachen im Zimmer, und dabei fällt mir das Lederarmband von Annette in die Finger. Es ist eigentlich hübsch, und ich könnte es nutzen, jetzt wo sie es nicht sieht. Dann hätte ich immer alle Lieblingsfotos und Lieblingssongs bei mir. Vorsichtig stecke ich den USB-Verschluss in meinen Laptop – so als könnte doch noch die Gefahr einer Annette-Viren-Verseuchung bestehen. Erstaunlicherweise ist der Stick gar nicht leer, es sind schon ein paar Fotos drauf. Es sind zwölf Bilder – aus jedem Lebensjahr von Jamie eins. Und auf den letzten fünf Fotos ist auch Jimmi mit dabei. Die beiden sind echt süß. Besonders als Jimmi noch ein Baby war und Jamie kaum stark genug, um ihn zu halten. Er ist ganz rot im Gesicht und wirkt sehr ernst. Cool wird er erst auf dem Foto mit zehn. Da trägt er auch das erste T-Shirt mit Aussage. *Zehn-Buddhist* steht darauf.

Auf dem letzten Bild sind Jimmi und Jamie mit Papa zu sehen. Alle drei haben ein Fotolachen aufgesetzt. Das muss in den Osterferien gewesen sein, die ich immer mit Mama verbringe.

Irgendwie ist der Hauch von guter Laune wie weggeblasen, und die Zweifel setzen sich wieder durch. Zu allem Überfluss bekomme ich auch noch eine Nachricht von Annette: *Bleibt es bei unserer Unterwasser-Begegnung am Montag?*

Puh!

Es gäbe viele Gründe abzusagen. Aber jeder einzelne davon kommt mir entweder hasenfüßig oder kleinherzig vor. Zumal sogar Papa gefragt hat, ob ich denn noch mit Annette zu dieser »abgefahrenen Fisch-Fußpflege« gehe. Er meinte, seinetwegen bräuchte ich das nicht abzusagen.

Mir ist nicht wohl bei der Sache. Aber aus irgendwelchen unerfindlichen Gründen sage ich zu.

Kapitel 8

Relaxed Feet – der Fish-Spa hat nichts mit Sea-World oder den bunten Unterwasserwelten im Zoo zu tun. An den Wänden stehen gepolsterte Bänke und Sessel, von denen man seine Füße in schmucklose Aquarien baumeln lässt. Das Ganze wirkt wie ein Tierversuch-Labor.

Annette sieht blass aus. Sie nimmt mich in den Arm und wirkt kein bisschen überlegen oder gar furchteinflößend. Im Gegenteil, sie druckst bei der Begrüßung herum, als hätte sie Angst vor mir. Aber sie wäre nicht Annette, wenn sie das nicht gleich wieder gekonnt überspielen würde. Nur noch ihre Hände, mit denen sie die Knopfleiste ihrer Blumenmuster-Bluse befingert, verraten ihre Unsicherheit. Und die Augen, die ausnahmsweise mal nicht wie zwei Suchscheinwerfer auf mir ruhen, sondern unruhig in der Gegend umherschweifen, fast als würden sie nach einem Fluchtweg Ausschau halten.

»Hey Easy, schön, dich zu sehen. Unser letztes Treffen war

ja ganz schön dramatisch. Umso besser, dass wir heute dieses Entspannungsprogramm gebucht haben!«

Annettes Unruhe ist ein bisschen ansteckend. Zumal wir ja auch noch diese Fischprüfung bestehen müssen. Wer weiß, ob die Biester Zähne haben. Angeblich knabbern sie einem die Hornhaut von den Füßen. Und die bekommt man ja sonst bekanntlich nur mit einem Hobel ab. Noch schwimmen die Putzerfische allerdings mit geschlossenen Mäulchen in ihren Becken und sehen einigermaßen harmlos aus. Eine Mitarbeiterin reinigt unsere Füße, bevor sie den Piranhas zum Fraß vorgeworfen werden. Dann sollen wir uns auf einen der Plastikledersessel setzen und *eintauchen*. Annette traut sich zuerst. Ehrlich gesagt steckt sie ohne zu zögern ihre großen Füße ins Becken und grinst.

»Na so was«, sagt sie. »Fühlt sich eigentlich toll an.«

Ich starre auf die kleinen Fische, die plötzlich an ihrer Haut haften wie Blutegel. Nur dass sie ständig von anderen Fischen wieder weggestupst werden. Von Zähnen ist allerdings nichts zu sehen.

»Tut es gar nicht weh?«, frage ich Annette. Sie schüttelt den Kopf.

»Nein, eigentlich ganz angenehm«, sagt sie. Obwohl ihr Gesicht immer noch gequält aussieht. Und da weiß ich plötzlich, warum sie solche Angst vor mir hat. Und warum sie mich sehen wollte, obwohl es ihr offensichtlich schwerfällt. Annette will wissen, ob Papa jetzt mit Ulla zusammengekommen ist. Dass mir das nicht gleich eingefallen ist! Ich sehe die Frage förmlich zwischen uns stehen wie ein Gespenst, dem Annette mit ihren unruhigen Augen versucht auszuweichen.

Unsicher stecke auch ich den dicken Zeh in mein Becken

und warte, bis jemand anbeißt. Tatsächlich saugen die Biester mehr, als dass sie beißen.

»Bist du nicht kitzelig an den Füßen?«, frage ich Annette. Sie schüttelt den Kopf. Ich versuche, mich darauf zu konzentrieren, ebenfalls nicht kitzelig zu sein. Schon aus Angst, die Fische könnten irgendwelche Geständnisse aus mir herauskitzeln.

»Wie geht es Jamie und Jimmi?«, frage ich. Inzwischen baumeln beide Beine im Wasser. Es ist echt schwer, sie ruhig zu halten.

»Oh, der Umzug kam natürlich etwas abrupt für sie. Aber er hat auch Vorteile. Jeder hat wieder sein Zimmer«, erklärt Annette. Nach einer Pause sagt sie plötzlich ganz leise: »Jimmi hat es besonders stark getroffen.«

Der Satz fährt wie ein Blitz durch meinen Körper und legt sich dann bleischwer um meine Schultern und in meinem Bauch ab.

Jetzt steht nicht nur die Frage nach Ulla zwischen uns, sondern auch wieder die große Schuldfrage. Es ist seltsam, sich bleischwer zu fühlen und dabei gleichzeitig an den Füßen gekitzelt zu werden.

»Wusstest du, dass bei den Römern Kitzeln eine Foltermethode war?«, fragt Annette. »Im Ernst! Man hat die Füße der Leute mit Salz beschmiert und dann eine Ziege daran lecken lassen. Nach spätestens einer Stunde haben die Gefolterten alles gestanden.«

»Was willst du denn von mir wissen?«, höre ich mich plötzlich sagen.

Annette zuckt zusammen. Ihr Lächeln ist jetzt noch unsicherer als vorher.

»Oh, das war nicht auf dich bezogen«, meint sie. »Nicht, dass du denkst, ich wollte dich aushorchen. Ich habe mir fest vorgenommen, dich nicht nach deinem Vater zu befragen. Du sollst nicht denken ...«

»Ist schon gut«, sage ich. »Papa geht es nicht besonders. Die meiste Zeit versucht er mir halbwegs gute Laune vorzuspielen. Aber ich kenne ihn besser.«

»Und geht er denn gar nicht aus?«, will Annette nun doch wissen.

»Du meinst, ob er Ulla trifft?«

Sie legt die Stirn in Falten. »Er hat dir von unserer Begegnung im Café erzählt?«

Ich nicke. Annette sieht mich an, als würde sie noch Einzelheiten von mir erwarten. Doch dann blickt sie wieder auf das Gewimmel an ihren Füßen.

»Nein, das ist nicht fair. Ich will dich da echt nicht mit reinziehen«, sagt sie.

Eine Stimme in meinem Kopf sagt: *Lass es gut sein. Wechsele das Thema, mach nicht alles noch komplizierter.* Und eine andere Stimme hämmert dagegen: *Du bist schuld an ihrem Unglück. Und an Papas und Jimmis auch. Vielleicht sogar an deinem eigenen. Mach es wieder gut. Oder gestehe es dir wenigstens ein. Dir, und den anderen auch. Gestehe! Sag Annette wenigstens, dass Papa wirklich nur wegen der blöden Handtasche in dem blöden Café war. Dass er keine Ahnung hatte, Ulla dort zu treffen.*

Die Stimmen zerren an meinen Nerven wie die Fische an meinen Füßen. Ich weiß nicht, welche der beiden Stimmen die echte Easy ist. Ich kann auch nicht genau sagen, welche Easy in meinem Kopf sich plötzlich entscheidet, diese atemberaubende Frage rauszuhauen: »Würdest du denn wieder mit Papa zusammen sein wollen?«

Oh weh! Aber gesagt ist gesagt.

»Hui!«, Annette stößt einen kleinen Schrei aus. Sie hat wohl genauso wenig wie ich mit so einem direkten Vorstoß gerechnet.

Unsere Fuß-und-Fisch-Pflegerin kommt sofort und fragt, ob alles in Ordnung ist. Als sie wieder weg ist, holt Annette tief Luft.

»Puh, eine ehrliche Frage verdient eine ehrliche Antwort«, sagt sie. »Aber das Schlimme ist, ich habe keine Antwort. Ich weiß es nicht. Es ist einfach zu viel schiefgelaufen.«

»Und wenn ich dir versprechen könnte, dass Papa nichts für das Treffen mit Ulla konnte. Also nur mal angenommen.«

»Das ist lieb von dir, dass du ihn verteidigst. Und ich dachte immer, dir wäre es ganz recht, wenn du ihn wieder ganz für dich hast.«

Annette lächelt traurig zu mir herüber. Aber sie hakt nicht weiter nach. Inzwischen scheinen die Fische langsam satt zu sein. Jedenfalls mümmeln sie nur noch vereinzelt an unseren Füßen herum und schwimmen dann wieder planlos durch die karge Gegend. Als sie endgültig die Lust an uns verloren haben, kommt die Pflegerin wieder. Sie massiert unsere Füße mit einer duftenden Creme und sagt mit bedeutungsvoller Stimme: »Unter der Haut, die wir sehen, ist die Haut, die wir uns wünschen.«

Zum Abschied hält mich Annette ein paar Sekunden länger als gewöhnlich im Arm.

»Danke, dass du gekommen bist. Es hat mir viel bedeutet«, sagt sie.

Ich nicke und bin ein bisschen erstaunt, dass keine der beiden Easys in meinem Kopf sich traut, »Mir auch« zu entgegnen.

Abends läuft *Wer wird Millionär?*. Papa und ich sind seit genau einer Woche wieder alleine. Und wir haben Fortschritte gemacht. Immerhin rät Papa wieder mit, auch wenn er noch nicht in ganzen Sätzen antwortet, sondern nur die Buchstaben der richtigen Antworten vor sich hin murmelt.

Wenn das Wetter gut ist, wird der Bauer bestimmt den Eber, das Ferkel und ...?
A ... einen draufmachen
B ... die Nacht durchzechen
C ... die Sau rauslassen
D ... auf die Kacke hauen

»C«, brummt Papa.

»Papa, wenn ich etwas echt Schlimmes gemacht hätte, also nur mal angenommen, würdest du das dann A – wissen wollen, B – es nur ahnen wollen oder C – keins von beidem.«

Papa schaut mich verdutzt an. »Was jetzt, einen Mord oder so was?«, fragt er.

»Nein, so schlimm nun auch wieder nicht.«

»Du meinst, ob ich so ein Was-ich-nicht-weiß-macht-mich-nicht-heiß-Typ bin?«

»Wenn du es so nennen willst.«

Er schüttelt den Kopf. »Nein, so ein Typ bin ich nicht. Ich bin eher der Ehrlich-währt-am-längsten-Typ. Warum fragst du?«

»Ach nur so«, sage ich.

Gotte sei Dank wird im Fernseher eine neue Frage eingeblendet. Und ich tue so, als wollte ich unbedingt weiter mitraten.

Wessen Genesung schnell voranschreitet, der erholt sich ...?
A ... hinguckends
B ... anschauends
C ... zusehends
D ... glotzends

»Ist doch easy, C!«, rufe ich.

Aber Papa macht nicht mit. Er starrt mich immer noch an. »Filly, was hast du ausgefressen?«

»Nichts.«

»Du weißt, ich kann Andeutungen überhaupt nicht leiden. Sag schon.«

Ich atme einmal tief ein und aus. Wenn ich ehrlich bin, habe ich die ganze letzte Woche auf diesen Moment gewartet. Auch wenn ich mich schrecklich davor gefürchtet habe.

»Okay, aber bevor ich es dir sage, sollst du noch eine Sache wissen. Und dann kannst du mich meinetwegen verurteilen.«

Papa verschränkt seine Arme vor der Brust und nickt. »Also, dann mal raus damit.«

»Weißt du noch, als wir in diesem Museum waren, vor der Weltkarte? Und du hast auf die Karibik gestarrt, wo Mama gerade versucht, mit so einem neuen Manfred klarzukommen. Weißt du das noch?«

»Natürlich weiß ich das«, sagt Papa und zieht eine Augenbraue hoch. So als habe er Angst, ich wolle ein Ablenkungsmanöver starten.

»Da hast du dich verteidigt und erklärt, warum du mich mit der neuen Familie überrumpelt hast, weißt du noch? Du hast gesagt, auf Dauer wäre es doch schöner, wenn hier wieder Leben in der Wohnung ist.«

»Komm zum Punkt«, sagt Papa.

»Der Punkt ist: Auf Dauer hätte ich gewollt, dass du wieder mit Mama zusammenkommst. Und das weißt du ganz genau. Darum habe ich das getan.«

»Darum hast du was getan?«

»Darum habe ich mit Jamie zusammen Annette und dich versucht auseinanderzubringen. Das war von Anfang an unser Plan. Nur als es geklappt hat, da war es nicht mehr hundertprozentig unser Plan.«

Papa sieht mich ungläubig an.

»Was soll das heißen?«, fragt er. Dabei kann ich an seinem immer kleiner und knittriger werdenden Mund sehen, dass er sich die Frage gerade selbst beantwortet hat. »Ihr habt was?«, zischt er.

»Wir, äh, wir haben uns, sagen wir mal ... Mühe gegeben, dass ihr euch von der schlechtesten Seite kennenlernt.«

»Okay, stopp, ich glaube, mehr will ich doch nicht wissen.«

Papa dreht sich wieder zum Fernseher. Der Kandidat droht gerade an einer ganz einfachen Frage zu scheitern:

Natürlich spielten musikalische Menschen auch im ...?
A ... Westsaxo Fon
B ... Nordklari Nette

C ... Südpo Saune
D ... Ostblock Flöte

»D, im Ostblock Flöte«, sage ich laut.

»Du meinst, die ganzen aufgerissenen Wurstpackungen und die Haare im Abfluss, das war Absicht?«, fragt Papa in Richtung Bildschirm.

»Ich fürchte ja. Und ich fürchte auch, das war das Harmloseste.«

Noch bevor der Fernsehkandidat seine Million verspielt, bin ich bereits aus dem Wohnzimmer geflogen. Papa hat den Wutanfall seines Lebens, und ich lasse alles brav über mich ergehen. Irgendwie bin ich sogar dankbar, »Hausarrest für den Rest der Ferien und Küchendienst noch dazu« verordnet bekommen zu haben. Wenn ich es damit wiedergutmachen kann, nur her damit.

Von meinem Zimmer aus schreibe ich eine Nachricht an Jamie:

Habe gestanden. Papa ist total ausgerastet. Keine Ahnung, was er jetzt vorhat. Aber mir geht's irgendwie besser.

Waaas?, schreibt Jamie zurück. *Kannst du bitte mal so wichtige Sachen mit mir absprechen! Statt ständig im Alleingang alles durchzuziehen?!*

Du warst doch für Geständnis!, schreibe ich zurück.

Ja, aber für ein sorgfältig geplantes. Zur richtigen Zeit am richtigen Ort.

Ich schreibe Jamie, dass es mir leidtut. Aber dass der Augenblick einfach zu günstig war, um ihn verstreichen zu lassen. Dann telefonieren wir. In der Sache gibt er mir recht. Die Schuld mit sich rumzutragen, wird von Tag zu Tag schwerer.

Und ein bisschen freut er sich auch schon, dass es bald vorbei ist. Denn jetzt will er Annette auch beichten. Falls mein Vater das nicht schon für ihn erledigt hat.

»Meinst du, die beiden kommen noch mal zusammen?«, fragt Jamie nach einer kleinen Pause.

»Ich glaube nicht. Sonst hätte Papa sich ja ein bisschen über mein Geständnis freuen können. Aber er war einfach nur total entsetzt.«

»Tja, jetzt muss unser Film auf dem Totenbett wohl umgeschrieben werden«, sagt Jamie zum Abschluss. »Falls wir überhaupt noch sterben. Bei youTube behaupten schon die ersten Zukunftsforscher, dass wir demnächst unsterblich werden.«

In den nächsten Tagen, als ich mit Papa langsam wieder eine Einheit werde und auch mein Hausarrest klammheimlich wieder aufgehoben wird, spuken Jamie, Jimmi und Annette weiter in meinem Kopf herum. Sie sind eigentlich immer dabei, wenn Papa und ich Frozen Joghurt löffeln, am Rhein ein Lagerfeuer machen oder auf dem Mediapark-Teich Autoskooter-Boote mieten und mit Wasserkanonen aufeinander schießen. Oder, wie jetzt gerade, uns im Karnevals-Supermarkt Kostüme anschauen.

»Du weißt, dass es neuerdings auch im Sommer einen Karnevalstag gibt«, sagt Papa. »Jeck im Sonnenschein. Sollen wir mitfeiern?«

Ich weiß, dass Papa das nur mir zuliebe vorschlägt. Weil

ich Sommerferien habe und er glaubt, mir etwas bieten zu müssen. Immerhin habe ich seinetwegen die Karibik sausen lassen. Aber ich weiß auch, dass ihm noch nicht wieder nach Feiern zumute ist.

»Ach, mal sehen. Ich überleg's mir«, sage ich und klebe mir eine schlimme Wunde ins Gesicht. Natürlich will ich meinen Vater nicht nötigen, in ein Bärenkostüm zu schlüpfen und mir Partylaune vorzuspielen. Dennoch blitzt in mir so ein Funken von einer Idee auf. Und die muss ich erst mal zu Ende denken, bevor ich komplett Entwarnung gebe.

Zwei Tage später streune ich wieder zwischen den Regalen und Kleiderständern des Kostüm-Supermarkts umher. Doch diesmal nicht mit Papa, sondern mit Jamie und Jimmi.

Es gibt unzählige Gruppen- oder Familienkostüme. Obwohl sie fast alle billig aussehen, sind sie echt teuer. Viel teurer jedenfalls als echte Klamotten bei H&M oder so. »Wir können doch als Cowboyfamilie gehen«, findet Jimmi. »Oder als Polizeifamilie.«

Dann entdeckt Jimmi noch »das lebende Steak«. Es ist heruntergesetzt und in verschiedenen Größen zu haben. Man schlüpft in ein gummiartiges Stück Fleisch-Imitat und steht total sperrig in der Gegend herum.

»Das gefällt Mama bestimmt. Die isst doch so gerne großes Fleisch«, erklärt Jimmi mit erhobenem Zeigefinger.

»Wir wollen doch, dass Michael es auch gut findet«, antwortet Jamie und hängt die Fleischlappen wieder weg.

Am Ständer mit den Sonderangeboten finden wir noch eine Käferfamilie und fünf verschiedene Gartenzwerge.

»Hey, hier sind auch noch vier Superman-Kostüme zum Preis für drei!«, ruft Jimmi begeistert. »Die nehmen wir! Und ich könnte das Kostüm von meinem Stoff-Superman anziehen. Dann haben wir fünf Kostüme und müssen nur drei davon bezahlen.«

»Deine Figur hat kein Kostüm an«, erkläre ich Jimmi. »Das Kostüm ist sozusagen die Haut von der Figur.«

»Egal, dann häute ich es einfach. Und später nähen wir es wieder zusammen.«

Ich nehme Jimmi zur Seite, so als müsse ich etwas sehr Vertrauliches mit ihm besprechen.

»Du weißt schon, dass dein Superman ein fettes Loch im Po hat? Da, wo Stinkie Miller seine Höhle reingegraben hat.«

Jimmi lässt die Schultern hängen. »Okay, wir nehmen doch andere Kostüme«, ruft er und sucht weiter.

»Was hat Annette eigentlich zu deiner Beichte gesagt?«, frage ich Jamie.

»Angeblich hatte sie sich schon so was gedacht. Hat sie jedenfalls behauptet. Na klar, sie will schließlich alles unter Kontrolle haben. Und die Schlauste will sie auch sein. Ärger gab's trotzdem.«

»Und? Hat sie sich wieder beruhigt?«

Jamie grinst. »Na klar! Die will ja auch nicht die wenige Zeit, die sie mit mir hat, durch schlechte Laune verplempern.« Dann verlischt sein Grinsen. »Zumindest behauptet sie das.«

»Guckt mal, da, diese Monster-Perücke«, ruft Jamie. Er zeigt auf eine schwarze Turmfrisur, die halb Vogelnest und halb Langhaarperücke ist.

»Das ist Amy Winehouse, die Lieblingssängerin von meiner Mutter«, rufe ich zurück.

»Kenn ich nicht«, antwortet Jimmi.

»Die ist auch schon tot«, erklärt Jamie.

»Was?« Jimmi reißt die Augen auf. »Die ist tot, und die verkaufen hier ihre Haare?«

Jamie zeigt auf ein Regalbrett, in dem bestimmt zwanzig Amy-Perücken in Tüten verpackt liegen. »Keine Angst, alle made in China.«

Als ich abends mit zwei Amy-Winehouse-Sets, bestehend aus Hochsteck-Vogelnest-Perücke, einer Extrem-Sonnenbrille, Unterhemd und Fake-Tattoos zu Hause ankomme, ist mir ein bisschen mulmig.

»Bin gleich bei dir«, rufe ich Papa vom Flur aus zu. Dann verschwinde ich als Easy im Bad und komme fünf Minuten später als Amy wieder raus. In der Hand halte ich ein batteriebetriebenes Mikrofon, das in Wirklichkeit ein Lautsprecher ist und krächzend den Song *Rehab* abspielt.

»Filly, Schatz, versprich mir, dass du niemals im wahren Leben so draufkommst«, sagt Papa, als er mich sieht.

»Wir leben das morgen zusammen aus. Und dann sind wir für immer über diese Phase hinweg«, antworte ich und halte Papa sein Amy-Winehouse-Kostümset hin.

Er grinst. »Das ist nicht dein Ernst. Wo hast du das denn her?«

»Geheimnis«, sage ich und klimpere mit meinen angeklebten Wimpern.

»Du willst wirklich Karneval feiern?«, fragt Papa.

Ich nicke.

Am nächsten Tag verbringen wir gemeinsam eine halbe Stunde im Bad. Es macht riesigen Spaß, Papa zu tätowieren, zu schminken und zu frisieren. Obwohl er sich bei jeder einzelnen Aktion sträubt wie eine Katze, die man unter Wasser tauchen will. Das Ergebnis ist grandios.

Nachdem Papa und ich uns in die doppelte Amy verwandelt haben, schalten wir gleichzeitig unsere Mikros ein und bewegen die Lippen zu *Rehab.* Genau in diesem Moment kommt ein FaceTime-Anruf von Mama. Ich öffne meinen Laptop und sehe sie auf dem Bildschirm mit Bikini und Strohhut.

»Easy-Cherie, bist du das etwa?« Mama erhebt ihr Cocktailglas und schwenkt die Kamera, sodass ich den Sonnenuntergang hinter ihr sehen kann. Aha, auf dieser Karibik-Insel ist es also schon abends! Und außer dem spektakulären Sonnenschauspiel präsentiert mir Mama auch noch ihren Manfred, der in einem Liegestuhl liegt und aussieht, als wolle er einen Campari-Werbespot nachspielen. Papa kommt zu mir an den Laptop und hält sein Gesicht ebenfalls in die Kamera.

»Michael, sag bloß, du bist auch verkleidet?!«, kreischt Mama. Fast klingt sie empört. »Ihr feiert doch nicht etwa Karneval?«

Wir nicken gleichzeitig, und es macht riesigen Spaß, ein Zwilling zu sein. Nur Mama lässt sich nicht begeistern. Vielleicht, weil wir ihrem Sonnenuntergang die Show stehlen. Oder weil sie Papa immer gerne als amüsierfeindlich dargestellt hat, nur um einen guten Grund zu haben, es sich mit einem anderen Mann gut gehen zu lassen.

»Na dann, viel Spaß ihr beiden«, sagt sie gezwungen freundlich und behauptet, jetzt zum »Dinner« gehen zu müssen. Dann friert ihr Bild auf dem Bildschirm ein.

Papa und ich gucken uns an und denken wohl das Gleiche, ohne es auszusprechen: Vielleicht wäre sie heute lieber die dritte Amy gewesen, als die dritte oder gar fünfte Frau von diesem Manfred.

Ich überrede Papa zur Open-Air-Party am Aachener Weiher. Es ist erst Mittag, und er hofft, dass noch nicht so viele Schnapsleichen am Wegesrand herumliegen. »Nur eine Stunde – länger halte ich das unter der Perücke sowieso nicht aus«, erklärt er und nestelt an seiner Turmfrisur.

Draußen laufen tatsächlich fast nur verkleidete Leute herum. Doch im Gegensatz zum Karneval im Winter sind es weniger Ganzkörper-Kostüme wie Bären oder Lappenclowns, sondern Kaum-Körper-Kostüme wie Bärenfell-Bikinis oder Bar-Miezen mit Katzenöhrchen. Hoffentlich bringen die Papa nicht auf ganz falsche Gedanken.

Ich verwickele ihn in ein langes Gespräch über meine Lieblingsfächer und meine Noten. Solche von ihm heiß begehrten Infos spare ich mir immer für Situationen auf, in denen ich seine ganze Aufmerksamkeit brauche.

Karneval und seine juckende Perücke sind plötzlich nebensächlich geworden. Selbst am Aachener Weiher fragt er immer noch weiter nach meinen Lieblingsthemen in Geschichte oder in Deutsch. So, als müsste man da Lieblinge haben. Ich schaue mich derweil nach weiteren schwarzen Turmfrisuren um, die aus der Menge ragen. Und dann sehe ich sie plötzlich alle drei an einem Biertisch sitzen.

»Papa«, unterbreche ich seinen kleinen Vortrag über das alte Rom, das offensichtlich sein absolutes Geschichts-Lieblingsthema ist. »Ich habe noch eine kleine Überraschung für dich.«

»Was denn?«

»Wir sind gar keine Zwillinge. Wir sind Fünflinge – die bei der Geburt getrennt wurden.«

Ich zeige zu dem Biertisch hinüber, an dem der Rest der ehemaligen Familie sitzt. In ihren Kostümen sind sie allerdings nicht wiederzuerkennen – jedenfalls nicht von Weitem.

»Na so was«, sagt Papa und schwafelt nahtlos weiter von Kaiser Nero, der vielleicht ganz Rom in Brand gesteckt hat.

»Komm, wir gucken uns die anderen Amys mal an«, unterbreche ich ihn. Papa trabt mir hinterher und erzählt, wie der Kaiser den armen Christen den Brand in die Schuhe geschoben hat. Damit er einen Grund hatte, sie zu verfolgen.

Inzwischen haben auch Jamie, Jimmi und Annette uns entdeckt. Annette, die, anders als Papa, die Situation sofort checkt, sitzt kerzengerade auf der Bierbank, und man sieht ihr rotes Gesicht unter ihrer Schminke durchscheinen. Endlich begreift auch Papa den Ernst der lustigen Lage. Sein letzter Satz, der wahrscheinlich die Botschaft seiner Geschichtsstunde sein sollte, bleibt ihm im Hals stecken: »Du siehst also, Filly, die Herrscher dieser Welt waren und sind nicht immer nette …«

»Willkommen im Club gegen alle Herrschenden, Herrischen und Herrchen!«, begrüßt uns Jamie-Amy. »Nur Hunde-Herrchen und Hamster-Herrchen sind nicht alle böse«, fügt Jimmi-Amy noch hinzu. Papa-Amy und Annette-Amy sagen erst mal gar nichts. Papa nimmt mich am Arm und schaut mich ungläubig an. »Kannst du vielleicht mal wieder dazu übergehen, Dinge mit mir abzusprechen?«, zischt er mir ins Ohr.

Dann begrüßt er die anderen mit einem ironischen »Na so ein Zufall«.

»Glaub ja nicht, dass die Idee auf meinem Mist gewachsen ist«, antwortet Annette.

Ich setze mich einfach zu den drei anderen Amys an den Tisch und hoffe, Papa zickt nicht weiter rum. Schließlich kann er mich ja nicht alleine in diesem gefährlichen Karneval zurücklassen. Jamie zwinkert mir zu, und Jimmi rückt ganz nah an mich ran. »Hallo, Easy, guck mal, jetzt sind wir auch alle Tätowierte. Wie Big Ben«, kichert er.

Schließlich setzt Papa sich auch. Er und Annette schauen sich an wie zwei Hunde, die nicht wissen, was sie voneinander halten sollen oder ob der andere bissig ist.

»Na«, sagt Papa schließlich. Und Annette antwortet ebenfalls mit einem »Na«.

»So geht Vertragen nicht«, erklärt Jimmi, der sich wohl eine Turbo-Versöhnung erhofft hatte. Jamie nimmt seinen Bruder an der Hand und meint, er würde Getränke für Papa und mich holen.

»Ich komme mit«, sage ich schnell, und wir überlassen die beiden zerstrittenen Amys sich selbst.

Ein paar Meter vom Tisch entfernt hängt eine megagroße Holzschaukel mit Lehne. Wir setzen uns drauf und behalten die beiden im Blick. Das laute und lustige Karnevalstreiben um sie herum bekommen sie gar nicht mit. Sie sitzen bierernst da und reden wie Politiker bei einem Streitgespräch. Abgesehen davon, dass Politiker selten tätowiert sind und ihre Haare meistens ordentlich gekämmt tragen.

»Puh, ob die das wieder hinkriegen?«, fragt Jamie. »Wieso vertragen sie sich denn nicht endlich?«, ruft Jimmi. »Jamie und ich sollen uns auch immer sofort wieder vertragen. Er springt von der großen Holzschaukel und versetzt ihr damit einen Stoß, sodass Jamie und ich ein weites Stück nach hinten pendeln. Und weil Jimmi seine Augen nicht von unseren Eltern lassen kann, hat er auch die Schaukel nicht weiter im Blick, die mit voller Wucht zurückschwingt.

»Achtung!«, ruft Jamie und versucht, seinen Bruder aus der Schusslinie zu bekommen, während ich versuche, irgendwie zu bremsen. Aber es ist zu spät. Die Front der Holzbank erwischt die große schwarze Perücke, und Jimmi geht sofort zu Boden. Jamie springt panisch von der Schaukel und hebt seinen kleinen Bruder auf. Doch der ist offenbar bewusstlos. Jedenfalls hängt er in Jamies Armen wie ein nasser kleiner Sack.

Als wir drei Sekunden später mit Jimmi auf Jamies Arm bei Papa und Annette ankommen, hat der Kleine Gott sei Dank die Augen schon wieder aufgeschlagen. Aber er wirkt wirr und durcheinander – und hinstellen will er sich auf keinen Fall.

»Sofort ins Krankenhaus«, ruft Papa. »Ich hole uns einen Wagen.«

Papa läuft schon mal vor und hält auf der Straße ein Taxi an. Jamie, ich und Annette, die inzwischen Jimmi übernommen hat, laufen hinterher. In Annettes Gesicht hat ein Tränen-Kajalstift-Gemisch zwei schwarze Spuren hinterlassen.

Die eigentlichen Karnevals-Schnapsleichen landen übrigens nicht am Straßenrand, so wie Papa es vermutet hat, sondern in der Notaufnahme der Uni-Klinik. Gott sei Dank sind wir schnell dran und müssen nicht gemeinsam mit den Zombies im Wartezimmer sitzen. Vielleicht, weil Papa an der Rezeption eine ziemlich Welle macht. Es fallen Worte wie »Gehirntrauma« und »Schädelbasisbruch«. Mir wird totschlecht. Aber Jimmi lässt alles brav über sich ergehen. Abtasten, Reaktionstest, Röntgen ... Er wird sogar in so eine Röhre geschoben. Das Ganze dauert ungefähr eine Stunde.

Die schwarzen Kajal-Rinnsale in Annettes Gesicht sind inzwischen breite Balken geworden. Papa hat seine Perücke abgenommen und hält Annette immer wieder im Arm. Als Jimmi beim Röntgen wegen der Strahlung ganz alleine im Raum bleiben muss, sprechen Papa und Annette leise miteinander. Na ja, immerhin haben sie ganz schön was zu klären. Jedenfalls sagt Annette später, als das Röntgen vorbei ist: »Eifersucht ist eine Leidenschaft, die mit Eifer sucht, was Leiden schafft.«

»Seht ihr«, stöhnt Jimmi und hebt den kleinen, klebrigen Zeigefinger. »Hab ich doch gesagt. Das ist die geheime Erklärung, die in den Worten versteckt ist!«

Ich denke an die pfiffigen Pfifferlinge und traue mich, ein bisschen zu lächeln.

Als der Arzt kommt, um uns die Ergebnisse mitzuteilen, verschwindet mein Lächeln, und ich spüre nur Angst um den kleinen Kerl.

»Sie haben Glück gehabt«, sagt der Mann im weißen Kittel zu Annette und Papa. »Es ist nur eine leichte Gehirnerschütterung.« Dann wendet er sich an Jamie und mich: »Euer Bruder braucht jetzt Ruhe, aber ihr könnt ihn mit nach Hause nehmen.«

Es ist der schönste Moment der ganzen Sommerferien. Papa setzt seine Perücke wieder auf, und wir grinsen uns alle an. Nur Jimmi, der auf Annettes Schoß sitzt, wirkt noch verstört. »Mein Gehirn ist erschüttert und ihr lacht«, protestiert er. »Bestimmt muss ich die ganzen Ferien im Bett liegen.«

»Hey, wir machen es dir ganz gemütlich«, sagt Annette. »Und du hast auch ein paar dicke Wünsche frei.«

»Okay«, sagt Jimmi, ohne eine Sekunde zu überlegen. So als hätte er genau auf dieses Angebot die ganze Zeit gewartet. »Dann wünsche ich mir, dass wir zurück in Easys Wohnung gehen.«

Einen Moment lang herrscht Schweigen, und wir schauen uns alle mit unseren schwarz umrandeten Amy-Augen an. Hat Jimmi sich etwa extra in Gefahr gebracht, um uns alle wieder zusammenzuschweißen? Und waren seine Ohnmacht und das wirre Gerede danach vielleicht nur vorgetäuscht? Sind Jimmi, Jamie und ich die größten Täuscher, Schummler und Mogler unter der Sonne?

Keiner spricht aus, was er denkt. Vielleicht, weil jeder von uns viel zu glücklich ist. Dabei sollte Papa etwas sagen. Er müsste die drei einladen. Und dann müsste Annette auch noch zustimmen.

Aber ich glaube, es geht ihm ein bisschen zu schnell. Und ehrlich gesagt mir auch. Will ich tatsächlich wieder mein Zimmer abgeben? Mein Vater zaudert und zögert. Vielleicht hat er auch Angst, dass Annette gar nicht will. Jedenfalls nimmt er jetzt die Perücke wieder ab und sieht ernst aus.

Wir halten den Atem an.

»Also wenn ihr wollt, kommt doch morgen vorbei, und wir feiern den ausgebliebenen Schädelbasisbruch. Easy und ich räumen auf und backen Kuchen. Natürlich keine Zimtschnecken.« Er zwinkert. »Oder, Filly, was meinst du?«

Ich glaube, das ist der coolste Vorschlag, den mein uncooler Vater je gemacht hat.

Die restlichen Ferientage vergehen wie im Flug. Im Vergleich zur Anfangszeit sind die letzten Wochen einfach nur Urlaub. Papa und Annette sind wieder verliebt. Auch wenn sie in meiner Gegenwart nicht mehr knutschen und sich auch gegenseitig keine Unterwäsche mehr kaufen. Dafür halten sie heimlich Händchen. Wenn das der Preis dafür ist, mein schlechtes Gewissen los zu sein, komme ich damit absolut klar.

Die anderen drei Amys sind zwar nicht mehr offiziell bei uns eingezogen, aber sie waren trotzdem ständig da. Nur Stinkie Miller, der ist in der anderen Wohnung geblieben und stinkt da munter vor sich hin.

Im Schwimmbad haben Jamie und ich Jimmi einen Kopfsprung beigebracht. Und im Phantasialand sind wir mit den krassesten Bahnen gefahren. Die waren allerdings nichts gegen diese Achterbahn in meinem Kopf nach dem großen Super-GAU-Tag.

Am Morgen vor Jamies und meiner Abreise stehe ich früh auf und mache noch einen Spaziergang durch den Stadtgarten. Es ist schon warm, und ein Sommerwind raschelt durch die riesigen alten Bäume. Ich komme an meinem alten Kindergarten vorbei, auf dessen Spielplatz jetzt fremde Kinder Hütten aus Reisig und Kuchen aus Sand bauen. Plötzlich sehe ich Jimmi unter all den geschäftigen kleinen Arbeitern. Als er mich entdeckt, lässt er die Äste in seiner Hand fallen und kommt zum Zaun gerannt.

»Easy, Easy, Easy! Holst du mich schon ab?«, fragt er.

Ich schüttele den Kopf, und mir steigen die Tränen in die Augen. »Ich wusste gar nicht, dass du hier in diesen Kindergarten gehst«, sage ich. »Aber ich kann dich nicht abholen. Ich fahre doch gleich zusammen mit Jamie zurück nach Berlin.«

Jimmi schaut mich traurig an. »Ach ja, ganz vergessen. Kannst du nicht einfach hierbleiben? Und Jamie auch?«

»Ich muss doch nach Hause und wieder in die Schule«, sage ich mit erstickter Stimme.

»Aber es könnte doch jetzt auch hier dein Zuhause sein.« Jimmi lässt nicht locker.

»Du hast recht, hier ist auch mein Zuhause. Ich hab halt zwei Zuhauses, so wie Jamie. Und wie du doch auch ein bisschen.«

Dann küsse ich durch die Metallstäbe hindurch die einzige noch saubere Stelle auf Jimmis Stirn.

»Warte«, sagt er und wühlt in den Taschen seiner tiefergelegten Hose. Plötzlich holt er eine speckige weiße Schaumzucker-Maus heraus. »Die hab ich aus diesem Café mit den alten Katzen. Sie lag auf dem Boden. Leider hat sie keinen Schwanz mehr.« Er reicht mir mit seiner klebrigen kleinen Hand das Andenken an einen der denkwürdigsten Tage meines Lebens.

»Die bringt Glück«, sagt Jimmi und sieht mich mit diesem Ronja-Räubertochter-Blick an. Dann läuft er zurück zu den anderen Hüttenbauern und nimmt seine Arbeit wieder auf.

Ich gehe weiter durch den Park. Der Sommerwind bläst mir ins Gesicht und prickelt auf der Haut. Auf den Wiesen liegen die Leute mit ihren Kindern und Picknickkörben. Die Maus klebt in meiner Hand, und ich bin plötzlich traurig und glücklich zugleich. Ein komisches Gefühl.

Mama hat in den letzten Tagen noch ein paar Mal angerufen. Wer weiß, vielleicht hat es mit Manfred nicht so geklappt, wie sie sich das gewünscht hat. Oder sie hatte Angst, dass Papa doch nicht so amüsierfeindlich und blöd ist, wie sie es sich immer eingeredet hat. Vielleicht kommen Mama und Papa ja auch eines Tages wieder zusammen. Wer weiß das schon. Ich weiß ja auch nicht, mit wem ich mal zusammenkomme.

Der ALLES SEIN LASSEN-Glückskeks fällt mir wieder ein. Und ich bin mir nicht sicher, ob Prinzessin Knallerbse ihn extra für mich gebacken hat. Und nur so getan hat, als würde sie den Spruch nicht verstehen. Damit ich selber draufkomme.

Big Ben ist übrigens zusammen mit Big Boss schon vor einiger Zeit wieder nach Berlin gefahren. Und er will an Jamies Schule einen Kiosk mit Café aufmachen. Jamie meint, zur Einweihung müsste ich unbedingt kommen. Aber das nur am Rande.

Und ich? Was wird jetzt aus mir? Ich sehe hoch in eine der uralten Baumkronen, in der ein paar wilde Papageien sitzen.

Während ich ALLES SEIN LASSE, könnte ich mit Jamie Sachen unternehmen, die man mit Mama und Papa sowieso nicht machen könnte. Weil sie zwar gute Eltern sind, aber nicht so cool wie Jamie.

Außerdem können Jamie und ich jetzt gemeinsam zwischen den Welten pendeln. Ich habe also immerhin bei diesem ganzen Hin und Her einen tollen neuen Freund gefunden!

Und dann kann ich noch für den kleinen Jimmi, der viel zu früh durch all diese Wirren durchmuss, eine tolle große Schwester sein. Jedenfalls so lange, wie wir uns auf dieser Welt ein Stückchen gemeinsam durchschlagen. Vielleicht sogar für immer, wer weiß das schon. Und falls wir wirklich unsterblich werden, kann das eine ganz schön lange Zeit sein.

© privat

Anja Fröhlich wurde 1964 als einziges Kind eines Lehrerehepaares geboren. Ihre Kindheit und Jugend verbrachte sie zwischen Rom und Meinerzhagen, das sie mit 18 Jahren und einem Gesamtschulabitur verließ. Nach dem Studium der Filmwissenschaften, Kunstgeschichte und Psychologie arbeitete sie als Filmredakteurin bei einem Kölner Stadtmagazin und dann als Texterin für diverse Kölner Werbeagenturen. 1995 kam ihr Sohn zur Welt, 2001 erschien ihr erster Roman. Es folgten zahlreiche Kinder- und Jugendbücher, die mehrfach übersetzt und ausgezeichnet wurden.